故事写作法 ②

故事创作入门的5个模版

「物語」の組み立て方入門 5つのテンプレート

[日]圆山梦久 著

中国青年出版社

图书在版编目（CIP）数据

故事写作法. 2，故事创作入门的5个模板 /（日）圆山梦久著；程俐译.
—北京：中国青年出版社，2024. 7
ISBN 978-7-5153-7330-0

Ⅰ. ①故… Ⅱ. ①圆… ②程… Ⅲ. ①小说创作—创作方法 Ⅳ. ①I054

中国国家版本馆CIP数据核字（2024）第111276号

Original Japanese title: 'MONOGATARI' NO KUMITATEKATA NYUMON ITSUTSU NO TEMPLATE

故事写作法2：故事创作入门的5个模板

作　　者：［日］圆山梦久
译　　者：程　俐
策划编辑：刘　吉
责任编辑：刘　吉
美术编辑：张　艳
出　　版：中国青年出版社
发　　行：北京中青文文化传媒有限公司
电　　话：010-65511272 / 65516873
公司网址：www.cyb.com.cn
购书网址：zqwts.tmall.com
印　　刷：北京博海升彩色印刷有限公司
版　　次：2024年7月第1版
印　　次：2024年7月第1次印刷
开　　本：880mm × 1230mm　1/32
字　　数：120千字
印　　张：6
京权图字：01-2023-0670
书　　号：ISBN 978-7-5153-7330-0
定　　价：59.00元

前　言

前一部作品《故事创作入门7堂课》是为今后“想要写故事”的朋友准备的入门级故事创作步骤汇编。若用料理书来做比喻，就是“鱼的处理方法”“高汤熬制法”等非常基础的技巧选编。

这次的《故事创作入门的5个模板》会进到下一个阶段，将按照不同的故事类型给大家介绍娱乐作品中常见的故事模板。如果还用料理书来做比喻，就是“咖喱的制作方法”“味噌汤的制作方法”等一类的技巧了。

知道了咖喱的做法，就能做奶油炖菜（white stew）和炖牛肉了。因为做这三个菜的步骤基本相同，只是改变了食材和浓稠面糊而已。

一旦记住了酱汤的做法，稍微改变一下食材，就能做出好几款酱汤了。写故事也是如此。

只要记住了爱情喜剧的写作方法，剩下的只要改一下出场人物和场景，就能无限增加故事的多样性了。

颇受孩子们喜爱的战队故事，只要抓住“战队英雄惩恶扬善”这一共通的基本点，就能通过改变英雄的性格、反派角色的设定和世界观，创作出无数故事了。

在本书中，我就娱乐作品中应用广泛的灾难故事、爱情喜剧、英雄故事、搭档故事、成功故事这五大模板的结构和题材发现方法做了详尽细致的说明。虽然只有五个模板，但只要大家理解了它们的结构和写法，光是这些，故事的创作领域就应该相当广阔了。

和前部作品一样，我会在每一章节中设置实战演练部分。请大家务必亲自动手写一写，不要嫌麻烦哦。

若本书能在“写你最想写的故事”上略尽绵薄之力，我将不胜荣幸。

目录

前　言　/ 003

复习　前部作品内容的复习　/ 011

所谓情节梗概是指什么 / 012

找到故事的“素材” / 014

开篇　故事类型、题材和主题　/ 019

所谓故事类型是指什么 / 020

主题和题材 / 026

故事类型和情节梗概 / 029

模板1　灾难故事　/ 033

所谓灾难故事是指什么 / 034

实战演练1 / 036

100个灾难 / 037

灾害型/侵略型 / 040
世界性质的改变/疏远型 / 041
身体的异常变化/特异功能 / 042
家人的异常变化/可疑事件 / 043
编写灾难故事的情节梗概 / 044
实战演练2 / 048
创作实例1　社交网络（SNS）危险 / 049
创作实例2　“火车一直往前开” / 052

模板2　**爱情喜剧　/ 059**
所谓爱情喜剧是指什么 / 060
实战演练3 / 062
100种恋爱障碍 / 063
不利条件 / 066
碍事者/事件 / 067
距离和时间、物理上的阻隔 / 068
左右为难 / 070
差距和惩罚、秘密和基准 / 071

心情 / 072

编写爱情喜剧的情节梗概 / 073

实战演练4 / 074

创作实例3 《千代姬夜话》/ 074

创作实例4 “幸运曲奇”/ 076

模板3 **英雄故事 / 081**

所谓英雄故事是指什么 / 082

实战演练5 / 083

100项特长 / 084

技能 / 087

超能力 / 088

道具 / 089

编写英雄故事的情节梗概 / 092

实战演练6 / 093

创作实例5 “正义之书”（book of justice）/ 093

创作实例6 “天职咨询师真田勇气”/ 096

模板4　搭档故事　/ 101

所谓搭档故事是指什么 / 102

实战演练7（1）/ 107

100对力量关系上的差距组合 / 108

能力 / 111

权力/权威 / 112

捕食关系/弱点和内疚 / 114

自卑感 / 115

持有者和非持有者 / 116

实战演练7（2）/ 117

100对双方价值观对立的组合 / 118

主义、思想、信仰 / 122

喜欢 vs 讨厌与赞成 vs 反对 / 123

性格 / 124

派系 / 125

类别及其他/价值观 / 127

编写搭档故事的情节梗概 / 129

实战演练8 / 130

创作实例7 《尼克的馈赠》/ 130

创作实例8 “地下黑客” / 135

模板5 成功故事 / 141

成功故事和“梦想” / 142

100个梦想&愿望 / 144

实战演练9 / 147

成为×× / 147

发明、发现 / 148

冠军、新纪录、盛大场面/巨额财富 / 149

寻回缺失/复仇故事 / 150

简单的梦想、素材性的梦想 / 151

编写成功故事的情节梗概 / 152

实战演练10 / 156

创作实例9 “女子跑酷” / 157

创作实例10 肮脏的忧伤/ 161

秘诀　**情节梗概的演绎　/ 167**

理解和感动、说明和演绎 / 168

“感动”并没有什么特别的 / 169

片段实例 / 169

制造麻烦 / 170

产生对立的欲望 / 172

普遍的情感和真心话 / 174

谜团 / 177

在兴趣盎然处中断 / 180

实战演练11 / 183

创作实例11 《桃太郎（纠结）》/ 183

创作实例12 《桃太郎（悬念）》/ 185

后　记　/ 189

*本书摘录汇集了作者在作文私塾和文化中心的授课内容。
本书中所引用作品的著作权，均归提供者所有。

复习

前部作品内容的复习

我曾在前一部作品中跟大家说过，创作故事时，

- ◆ 要把一个故事完整地串起来，“情节梗概”必不可少。
- ◆ 与其考虑从0的状态（没有任何可以作为情节梗概的素材）创造出1，不如将已经存在的1转化成1更好。

以下是上述内容的复习。所以，已经读过我前部作品的读者朋友和知道何谓情节梗概的同学，可以跳过这部分内容，直接从第20页“所谓故事类型是指什么”开始读起。除此以外的同学，请接着往下看。

所谓情节梗概是指什么

当我问“你想写什么故事”时，有人会用“感人的故事”或“有趣的故事”来回答我。

如果采用更为准确的表述，应该是“令读者感动的故事”或者“让读者感觉有趣的故事”吧？

同样的问题，也有人会用“轻小说”“儿童文学”等自己想写的故事类型来回答我。

倘若我再问：“轻小说中的什么故事呢？”

他会继续用故事类型作答：“这个嘛，幻想类？”

也有人会提及世界观，“我想写发生在黑暗世界中的故事”。

还有人会列举出人物形象来作答，“××游戏中/动画片中/连续剧中出现的类似○○角色的故事”……

让我们来稍微做下整理吧。

所谓“感人的故事”，指的是带给读者的效果或影响。

“轻小说”或“幻想小说”指的是故事类型。

“黑暗的世界”指的是故事的氛围或世界观。

“类似○○的角色”指的是人物。

“核电问题”“埃博拉病毒感染扩散”指的是题材，“假装过路魔，其实是交换杀人”指的是构思。

为了把这些内容串成一个故事，故事线也就是情节梗概必不可少，包括在那个世界中人物如何行动、经历了怎样的过程才挨到最后的等。

也就是说，我们已在前一部作品中学过情节梗概的大致写法了。

找到故事的“素材”

在初次写故事或陷入意志消沉时，从零开始创作全新故事，是件相当艰巨的工作。

正如我在本书开头说过的那样，最开始的时候，与其考虑从0创造出1，不如将已经存在的1转化成1更好。

这里所说的“已经存在的1”，是指迄今为止你看过的书、漫画、电影、戏剧的情节梗概、人物和世界观等。

当然，将已出版或已上映作品中的情节、世界观、人物等元素原封不动地搬入自己作品进行创作的做法，只会被当作剽窃或恶搞。

不过，每个人都有自己的专属喜好，而从众多作品中提取出来的专属喜好，能够成为创作你专属原创作品的原动力。

我来举例说明一下吧。

假设我在看过你写的《冰雪奇缘》后，感动至极。在“我也想写这样的故事”的想法的触动下，我写下了以下情节梗概。

很久以前，在一个国家里，有一对姐妹。妹妹拥有特异功能，能操控火焰，幼时曾因此异能令姐姐遭受重伤。自那以后，姐妹两人的父母就封禁了妹妹的力量。可妹妹的力量逐年增强，终于到了无法控制的地步。

妹妹担心长此以往会伤害到身边重要的人，于是离家出走。但那股力量已经强大到足以将整个国家置于火海了。

姐姐为了带心爱的妹妹回家，踏上旅途。与此同时，企图将妹妹的特异功能应用于军事的政府，也暗中派出了追兵……

大家觉得怎么样？如果只是把“姐姐”换成“妹妹”，“冰雪”换成“火焰”，那么任谁看都知道是《冰雪奇缘》的山寨版了。

但是，假设你不仅喜欢《冰雪奇缘》，还喜欢《急诊室的故事》（ER）或《仁医》等医疗连续剧。

那么，就让我们在之前举例的情节梗概中，加上点医疗元素吧。

医院里有一对姐妹。妹妹曾是风靡一时的天才美容整形医生，无论什么样的脸都能随心所欲地整出来。但现在的她却推掉了所有的手术，把自己关在房间里闭门不出。因为几年前，她在给遭遇事故的姐姐做整形手术时，犯下了致命错误，导致姐姐脸上留下了永远无法抹去的伤痕。

姐姐的婚事因为脸上的伤痕告吹，妹妹不堪忍受负罪感离家出走。

与此同时，某个妄图利用妹妹才能的组织，正悄悄派出了追兵……

这下大家觉得怎么样？虽然情节上的雷同依然明显，但如果把这个故事当作电视连续剧来播放，并在其中一集中插入美容整形界的内幕、造成姐姐伤痕的真相——其实并非妹妹手术失败所致，而是嫉妒妹妹名声的其他医生故意为之等内容，是否就能写成一个与《冰雪奇缘》情趣迥异的故事了呢？

假设你还喜欢推理小说，那么我们再在之前的情节中加点神秘元素吧。

女主人公为了祛除脸上的烧伤疤痕，来到了一家美容诊所，却惊讶地发现英俊的主治医生脸上有一道丑陋的疤痕。为什么标榜“任何伤痕都能治愈”的医生自己却有疤痕？

一问才知道，那道伤痕是几年前去世的主治医生的妹妹留下的。

不久，女主人公开始和主治医生交往。在她面前若隐若现的，是一个有着超凡美貌的女人。从主治医生的言行来看，她似乎就是他已故的妹妹。这对兄妹之间到底发生了什么？女主人公开始秘密调查，而主治医生的妹妹却拿着手术刀，微笑着挡在了她的面前……

到了这里，应该没有人会认为它的原型是《冰雪奇缘》了吧（笑）？

不过，我们之所以能这样随意改动着玩，也是因为一开始就有《冰雪奇缘》这个素材，而且你还喜欢“医疗故事”和“推理小说”的缘故。

我在前部作品中，介绍过寻找素材和喜好的方法。感兴趣的朋友，不妨一读。

复习到此结束。从下一章开始，我将从与前部作品不同的视角，探寻对你的作品创作有用的素材。

开篇

故事类型、题材和主题

所谓故事类型是指什么

如果有人问你："你想写什么类型的书？"或者单纯问你"你喜欢什么类型的书？"，你会如何作答？

"娱乐类。"

"儿童文学吧。"

"推理小说吧。最近迷上了新本格[①]。"

"嗯，学校故事？"

"历史小说！四格漫画我也很喜欢。"

好的，真不错。大家给出了很多答案。

"**ジャンル**"这个词在《广辞苑》中查到的意思是"部门。种类。特别是诗、小说、戏曲等文艺作品样式上的种类和类别"。

虽说都是"样式种类"，却有着各种各样的分类方法。

---

① 即新本格推理（new mystery），文学流派，流行于日本，是继社会派"第二波本格"之后的"第三波本格"。20世纪80年代末，在岛田庄司的指引和支持下，京都大学的推理社团高举"复兴本格"的大旗，涌现出一大批推理小说创作者，成为新式推理小说的发源地。这些创作者创作的小说被评论家称为"新本格派"。——译者注

我举个例子来说明吧。

如果只关注故事结局分类，可分为：

- 喜剧结尾
- 悲剧结尾
- 非喜非悲结尾

如果关注故事舞台背景中的时间，则可分为：

- 历史故事
- 现代故事
- 未来故事

如果以写故事的语言为基准，又可分为：

- 外国文学

◆ 日本文学

如果按照读者的年龄层次划分，可分为：

◆ 幼儿读物
◆ 青少年读物
◆ 大众读物

大家已经发现了吧，无论按什么标准划分，都是非常粗略的分类方法。

“请写一个喜剧结尾的、适合儿童阅读的历史故事。”

仅凭这点要求就能畅快下笔的同学，不需要再学后续课程。请把本书放在一边，着手撰写自己的作品吧。

剩下的同学，让我们再来看看更细致的分类方法吧。

如果我们关注主人公的职业，就会知道有：

- 教师故事
- 刑警故事
- 医生故事
- 护士故事

即便是相同的职业故事，如果聚焦于主人公的行动地点，还能分为：

- 学校故事
- 警察小说
- 医疗连续剧
- 法庭故事
- 太空歌剧[①]

① 太空歌剧存在各种定义，不过这里的意思是“以宇宙为舞台的冒险武戏”。——译者注

之前提到的历史故事，按照题材可以分为：

- 历史小说
- 时代小说
- 传奇小说
- 战记故事
- 虚构战记

“历史小说”有远藤周作的《王妃玛丽·安托瓦内特》等以历史事件或实际存在的人物为题材的作品。在国外作品中，维克多·雨果的《悲惨世界》、大仲马的《三个火枪手》等作品也应该归在这一范畴吧。

“时代小说”这一叫法只在日本小说中使用。时代小说的特点是几乎所有的作品都以江户时代到明治维新时期为舞台，正如池波正太郎的《剑客生涯》和宫部美雪的《本所七怪谈》那样。放到电视上，就是古装剧。而以奈良时代或平安时代为舞台的故事，不太被称为“时代小说”。和历史小说一样，时代小说也立足于史实和当时的风俗，但时代小说描写虚构人物和虚构事件，所以比历史小说的虚构性更强。

据说，“传奇小说”或者“传奇故事”原本是中国唐代的短篇小说，但现在如果要以自古流传的奇闻怪事为题材，就会被轻易贴上“传奇故事”的标签。

同样是奇闻怪事，但以“厕所里的花子”为题材的小说不知为何就称不上是传奇故事。为了满足传奇故事的条件，“谜样的传说”“被诅咒的血统”“封闭村庄里自古流传下来的奇怪风俗”等伴随一定时间积累的怪事题材必不可少。

“战记故事”和“虚构战记”的共同点是都以过去发生的战争为题材。但前者描写的战争结果忠于史实，而后者则会在“如果……”的假设下推翻史实，对战况进行大幅更改。

《平家物语》是战记故事，但川口开治的漫画《次元舰队》（ZIPANG）就是在设定“现代神盾舰[①]穿越到中途岛海战前的太

① 搭载宙斯盾系统或神盾系统的军舰。——译者注

平洋”这一前提下的虚构战记。

主题和题材

话说回来，同样是描写战争的故事，若也用“战争故事”这个叫法，语感上还是有点不同的。

《次元舰队》既是虚构战记，同时也可以说是战争故事。那《平家物语》呢？是战记故事，也是战争故事吗？

“嗯。这好像有点不对……”

“一说到战争故事，感觉更贴近现代，或者说更贴近时代。会出现导弹、坦克之类的感觉。”

原来如此。还有其他意见吗？

“战争故事主要是战争，大多会以战场为舞台，就像《二百三高地》啊、《拯救大兵瑞恩》等。”

“一说起战争故事，总觉得主张会比战记故事更强。”

主张是指什么？

“嗯，可以说是信息性吧？类似‘战争是悲惨的’‘要停止战争’这种，能强烈感受到作者意图的故事是战争故事，而把发生的事情平平淡淡写下来的则是战记故事。”

“啊，我知道了！这是因为分类方法不同！”

“咦，什么什么，说来听听。”

“所以啊，战争故事是描写战争的故事，与恋爱故事是描写恋爱的故事一样。”

“什么意思，我没明白。”

“照你这么说，《平家物语》也是战争故事喽？”

“不对，不对！所谓战争故事是指……”

好了，在大家激烈讨论的时候打断你们，真是不好意思。考虑到篇幅的关系，请允许我来稍微总结一下吧。

刚才有人说“战争故事”等于“描写战争的故事”，其实这个回答的方向性不错。只是解释得有点难懂。

如果换成这样的说法大家会不会好理解一点？

“战争故事”是指以战争为主题的作品。同理，以恋爱为主题的作品则被称为“恋爱故事”。

“不好意思，这和刚才所说的题材有什么不同吗？”

一般来说，“主题”和“题材”经常用在相同的意思上。但在本书中，希望大家要敢于按照下述分类来进行思考。

题材指的是作品的素材。

而主题则是指作品的中心思想和想法。刚才有位同学提到的“战争是悲惨的”“要停止战争”等信息就是主题。大家明白了吗?

“……”

“……”

看大家的表情，似乎都还没明白呢。我知道了。那我举个例子来说明吧。

例如，假设有一部以第二次世界大战中的柏林为舞台，描绘无辜民众陆续被杀、控诉战争悲惨的作品。我们可以说，这是一部以第二次世界大战中的柏林巷战为“题材”，以战争悲惨性为“主题”的作品。

另一方面，同样是以第二次世界大战中的柏林为舞台，淋漓尽致地描绘了一帮小偷趁乱偷走当时纳粹宣传部长戈培尔[1]藏匿的国宝级钻石——姑且不论它是否真实存在，机智逃亡到国外的作品。这种情况下，即便同样是以柏林巷战为题材，反映的主题也不是战争的悲惨性了吧。

像这样，就算用的是相同的题材，身为作者的我们也能设定出不同的主题。想必大家已经理解题材和主题的不同了。

所以，故事也可以根据主题进行分类。这里除了介绍过的战争故事，还有恋爱故事、家庭连续剧、复仇故事、成长故事等以各种主题为题材的系列作品，请大家也去找找看。

那么，这么多故事类型，与我们写故事有什么关系呢？

故事类型和情节梗概

前面已经说过，就算都叫“故事类型”，其中也有相当笼统、含混不清的部分。

① 戈培尔（1897—1945年），德国政治家，纳粹领导人之一，宣传部长，战争末期自杀。——译者注

我想说什么呢？想请大家意识到，针对“你想写什么样的故事”的提问，回答“想写喜剧结尾故事”的你，其实只是定下了想写故事的结局。同样的，回答“儿童文学”的人，只是笼统地说“想写适合儿童阅读的故事”；而回答“学校故事”的人，只是考虑了“要把故事舞台设在学校”。

如果定下这些后，剩下的设定你都能迅速搞定，那就没有问题！这类同学不需要再上接下来的课。请把本书放回书架，放心执笔写作吧。

如果你觉得这样还不够放心，那么在此我要告诉你一个好消息。

其实，某些故事类型中包含了一定程度的情节。

“有那样的故事类型吗？”——如果面对疑惑不解的你，把“情节”换成“约定俗成的故事展开模式”，你会不会联想到些什么呢？

比如，在前一部作品中列举过的运动题材故事类型中，就有很多作品是按照以下的约定模式推进的。

主人公意外当上了草包球队的队长。

虽然被个性丰富的队友们耍得团团转，但主人公还是为了提高球队成绩艰苦奋斗。

努力有了回报，球队初战告捷。之后又一路过关斩将接连获胜，但在决赛前遇到了致命的麻烦。不要说夺冠了，就连球队的存亡都岌岌可危。

所以，一时被大家认为是必败无疑的决赛，竟然在主人公及球队成员的共同努力下发生了奇迹，最后球队赢得了比赛，真是可喜可贺。

大家感觉怎么样？“有的有的！”颔首称是的人还真不少呢。

除了1976年上映的美国电影《少棒闯天下》（少年棒球）之外，1992年上映的《野鸭变凤凰》（冰球）、三浦紫苑的小说《强风吹拂》（箱根驿传[1]）和水野宗德的《巨乳排球》（排球）等多部作品，都是按照这种模式创作出来的。比赛项目除了运动之外，

① 正式名称为东京箱根间往复大学驿传竞走，是一项驿站接力赛，由日本的“马拉松之父”金栗四三等人于1920年创办，是日本历史最悠久的长跑接力比赛。——译者注

电影《摇摆少女》(big band jazz，爵士大乐队) 等按照前述情节展开的故事也不胜枚举。

像这样，在广受大众喜爱的故事中，有几个较为典型的情节。

在本书中，从大家创作故事的基础或雏形这个意义上来说，我想称之为“模板”。

从下一章开始，我会给大家介绍各种各样的模板，同时结合实战演练，一起思考怎样才能根据不同的模板创作出原创情节。

模板 1

灾难故事

让我们再把前一章学过的内容复习一遍吧！

把故事串联起来的故事线就是情节梗概。

从不同的角度对故事体裁进行分类就是故事类型。

故事中涉及的事件、背景和各种设定等材料就是题材。

在故事中作者想要传递给读者的信息或想法就是主题。

在受到大众普遍喜爱的故事中，包含着各种“约定俗成的故事展开模式”，在本书中称之为模板。

大家都整理好了吗？

在接下来的章节中，我将会让大家根据各种模板来编写情节梗概。

我们先来写一个以主人公濒临危机开场的灾难故事吧。

所谓灾难故事是指什么

英语“Disaster”是“天灾”“灾难”“意想不到的巨大不幸”的意思。

在电影的世界里，说起“灾难片”，就是指描写以灾害、大惨案等突发的异常事态为契机的各式各样的电影。在日本，大家可能对“恐慌电影”的叫法更为熟悉。

濒临危机的主人公，哪怕再不愿意，也不得不采取行动。从这个意义上来说，灾难故事更适合初学者写，因为作者很容易把主人公调动起来。

接下来，让我们赶紧加入实战演练。请大家准备一张大点的纸。习惯用电脑的同学，也可以打在电脑里。

如果大家已经准备好了，请从头把你想到的“天灾”“灾难”和“意想不到的巨大不幸”写下来吧。最少50个，可以的话，希望能列100个。

正在阅读本书的读者朋友们，也请在此稍作停歇，试着在纸上或电脑里列列看吧。寻常的灾难也都可以写。总之要多写一些。

大家都准备好了吗？预备，开始！

【实战演练1】

请写出100个你能想到的“天灾”“灾难”和“意想不到的巨大不幸”。

——大家都写好了吗?

那么，让我们来看看教室里的一位同学列出的灾难吧。

100个灾难

"身体慢慢融化"
"突然有一天开始急剧衰老"
"彗星撞上地球"
"外星人侵略地球"
"蟑螂成了巨型怪物"
"人类开始急速退化"
"大地震来袭"
"发生海啸"
"火山爆发"
"日本沉没"
"大旱造成海水干涸"
"地球温室效应加剧，平均气温高达50℃"
"冰河期来临，整个陆地都被冰雪覆盖"
"突然有一天，变得能预见未来"
"突然有一天，能听见死人说话"
"突然有一天，妹妹的人格崩溃"
"突然有一天，自己的脸变成了别人的脸"
"突然有一天，周围的人全都忘记了自己（主人公）"
"突然有一天，家里人都被恶魔附体"
"突然有一天，家人的人格骤变"
"突然有一天，得知丈夫是连环杀人犯"
"突然有一天，得知自己是某项实验的实验材料"
"突然有一天，得知这个世界是虚构的"
"醒来后发现自己已死，变成了幽灵"
"醒来后发现自己身处陌生的城市"
"醒来后发现自己失忆了"
"醒来后发现自己变成了男人/女人"
"醒来后发现自己变成了怪兽"
"醒来后发现自己长着一张与通缉犯相同的脸"
"醒来后发现自己成了布偶玩具"
"醒来后发现自己在监狱中"
"被跟踪狂缠上了"
"被精神变态者缠上了"
"成了快乐杀人魔的目标"
"被怀疑贪污"
"被怀疑杀人"

“被怀疑出轨”
“被怀疑是色狼”
“家里着火了”
“被迫背负一笔毫无印象的债务”
“被转送到陌生的世界”
“有人想杀我”
“被人不断骚扰，却不知道对方是谁”
“在网上被人骂”
“手机和网络都无法使用”
“大气污染日益严重，不带氧气瓶就无法生活”
“只有自己受到歧视”
“有陌生人混进来，但除了自己以外无人察觉”
“视觉出现异常”
“收到了不是发给自己的邮件”
“记忆和现实错位”
“意外得到一笔巨额遗产”
“收到一个设定15分钟后爆炸的定时炸弹”
“女友/男友完全成了别人，但周围却无人察觉”
“完全相同的日子不断重复”
“误入陌生的道路”
“天地间的重力发生逆转”
“发动战争”
“猫开始开口说话”
“去世的祖母复活了”
“能听到别人的心中所想”
“大人和小孩的智力水平发生逆转”
“无法理解别人说的话”
“自己变成了河马”
“氧气逐渐减少”
“地球上的铁消失了”
“石油枯竭”
“全人类的大拇指都消失了”
“所有的水都变成了酒”
“全世界的电脑同时死机”
“自己家里出现了幽灵”
“自己家里出现熊猫”
“突然有一天出台了一条法律：考试不及格会被判死刑”
“地球停止自转”
“月亮消失”

“自己家的地板下面发现了死尸”
“梦中所见都成了现实”
“突然有一天，存款余额归零”
“突然有一天，自己家被查封了”
“全世界都停电了”
“时间停止了”
“时间开始逆转”
“具备预知能力”
“除了自己以外，世界上的人都消失了”
“接到多次无声电话”
“全世界都成了自己的敌人”
“自己的功劳被抢”
“自己一个人变成巨人”
“受到诅咒变成了青蛙”
“恋人突然忘记了自己”
“误入巨大的迷宫”
“被选作活人祭品”
“早上一醒来，发现手上沾满了血，却不记得怎么回事”
“早上一醒来，发现身边睡着一个陌生男人”
“自己车上的皮箱里放有毒品，却不记得是怎么回事”
“受到隐形人的胁迫”
“回过神来时，自己已经被关在了巨大的冷冻箱中”
“乘坐的飞机被劫持了”
“乘坐的轮船遇险后开始漂流”
“云霄飞车遇到意外，开始横冲直撞”

好的，这位同学辛苦了。刚好列出了100个灾难呢。

大家看过整个清单后，有什么感觉？虽说都是“异常情况”，却可分为好几个类型，不知大家注意到了没有？

以下是对“天灾”“灾难”“意想不到的巨大不幸”等内容进行分类整理后的结果，敬请阅览。

灾害型

在列举的内容中，最多的就是“大地震”“海啸”等灾害型灾难，还有就是疫病流行、资源枯竭、冰河期和干旱的到来等。除了天灾以外，如果“完全相同的日子不断重复”也让人蒙受了损失，那么也可以说是一种灾难吧。

侵略型

第二多的便是“外星人侵略地球”“有人想杀我”这类侵略型灾难。侵略范围的大小（是整个地球还是自己一个人）和侵略者身份的不同（是外星人、幽灵，还是连环杀人犯或跟踪狂），都会造成后续故事展开模式的不同。

世界性质的改变

“突然某一天，得知这个世界是虚构的”“突然有一天出台了一条法律：考试不及格就会被判死刑”……这些都是对自己相信的世界观的彻底颠覆。“醒来后，发现自己身处陌生的城市”“发现手上沾满了血，却不记得是怎么回事”等，也意味着之前所相信的世界发生了天翻地覆的变化，应该可以归入这一类型吧。

疏远型

紧随其后的是“全世界都成了自己的敌人”“只有自己受到了歧视”等疏远型灾难。人是社会性的动物，所以“只有自己被××”“只有自己是××”会使内心痛苦。即便获得巨额遗产，如果因此被周围人疏远，或者被流言蜚语缠身，那就已不是什么幸运，或许可以说是造成疏远的灾难了。

从“只有自己……”的意义来说，之后要讲的身体的异常变化和特异功能中也存在疏远因素。

身体的异常变化

“身体慢慢融化”“突然有一天开始急剧衰老”是直接作用于人体的异常变化。“受到诅咒变成了青蛙”从身体变化这个意义来说，也应属于这个类型吧。如果这种身体的异常变化不仅发生在自己身上，还在全世界范围内蔓延的话，就能归类到前面列举的灾害型灾难中了；如果只有自己的身体发生了异常，而因此被周围人歧视或紧逼的话，也可以归类到疏远型灾难中吧。

特异功能

这是指“突然有一天能预见未来了”“具备了预知能力”等类型的异常变化。如果当作灾难故事来写，一般都是因为掌握了异于常人的能力，反而产生某种不便而展开故事的。如果用这个能力把坏人打得落花流水，那就不是灾难故事而是英雄故事了。当然，也有像电影《蜘蛛侠》那样，结合两者技巧来推进故事的……这么说来,《蜘蛛侠》中也包含了英雄的孤独这一疏远型要素呢。

家人的异常变化

“突然有一天，家人被恶魔附体”“突然有一天，得知丈夫是连环杀人犯”等。家人身上发生异常变化时，因为无处可逃，所以可以制造出令人窒息的紧迫场景。如果再加上“丈夫其实是个杀人犯，但表面上很优秀，谁也不相信我”或者“被威胁如果泄露秘密，就会杀掉孩子，所以不能对任何人说”等条件，紧迫感就更胜一筹了。

可疑事件

“接到多次无声电话”“收到好几封不是发给自己的邮件”这类日常琐屑却可疑的事情。可以根据写法的不同营造出相当恐怖的场景。如果这些可疑事件“都是盯上自己的跟踪狂所为”，那就是侵略型灾难；如果是“没人相信我”，那就是疏远型灾难吧。

综上所述，我已将大家列出来的灾难项目按照不同的类别进行了整理。

当然，灾难和不幸的种类应该还有很多。请大家开动脑筋，找出令读者和我惊叹不已的灾难吧。

编写灾难故事的情节梗概

那么，让我们用上这些灾难，亲手编写一下灾难故事的情节梗概吧。

以下列举的是典型灾难故事的模板。虽然其中免不了存在分歧，但都是最简单的结构哦。

模板1

①主人公的周围发生了一些异常情况。

②主人公面对这些异常情况……

（1）自己积极地与之发生关联

(2)不由分说地被卷入其中

③异常情况升级(=变得越来越大)

④主人公最终……

(1)凭借自己的力量解决异常情况

(2)成功地从异常情况中逃离

(3)异常情况自然消亡

(4)不幸结局(=未能解决、逃离失败)

让我们按顺序从①开始看起吧。

主人公的周围发生了异变。所谓异变，是指在刚才的实战演练中列出的“天灾”“灾难”或“意想不到的巨大不幸”。

在此，我们假设“主人公居住的城市突然出现了僵尸且数量剧增”。

②决定了主人公面对①中发生的异变是如何行动的。

坐在这个教室里听课的，绝大多数都是学生和普通的在职人员。比如，如果在你居住的城市突然出现了僵尸并不断增加，你会怎么做?

“先逃了再说。”

“躲在家里，想办法等待灾难过去。”

是啊。按照寻常思路，应该不会有人马上去打僵尸的。但是，如果你的身份是警察或者抢救队员呢？

“对着僵尸开枪？”

“救助被袭人员……”

是啊。应该会比普通人更积极地与异变产生关联。或者如果你是驱逐僵尸的自卫队成员的话，你应该会更积极地展开行动。

这是（1）自己积极与之产生关联的模式。

那么，如果你还是普通学生或公司职员的话会怎么样？现实姑且不论，在虚构的世界里，如果主人公始终与异变扯不上关系，故事就永远无法开始。所以，就得创造你硬着头皮被卷入其中（2）的模式，如自家的房门终于被冲破，僵尸鱼贯而入。或者住在临街的女朋友遭到僵尸袭击，发来了紧急求救的讯息等。

③是异变升级。这适合做故事的中间部分。主人公收到女朋友的紧急求救讯息后，不得不从相对安全的家中出来，到危机四

伏的外面。好不容易避开僵尸来到地铁站，却发现前面聚集着大批僵尸，根本没办法在不被发现的情况下往前走。刚想放弃准备回去时，却发现通往自家的道路已被政府封锁，自己和僵尸被困在了一起……就像这样不断地增加危险等级，读者应该就会不自觉地被故事吸引了吧。

④是故事的结束部分。灾难故事的结尾经粗略划分，可以分为三种喜剧结尾模式和一种悲剧结尾模式。

举个例子来说，身为医生的主人公，成功开发了防止变成僵尸的疫苗，就是（1）中凭借自身力量解决异变的模式。如果主人公是一名普通学生，想方设法带着女友逃到了没有僵尸的地区，那就是（2）从异变中成功逃离的模式。如果是军队抵达，将僵尸消灭得一干二净，那从主人公的角度看，就是（3）异变自然消亡的模式。

关于（4）不幸结局就没有必要说明了吧。

大家觉得怎么样？大致的创作流程都掌握了吗？

那么，就请大家利用这一模板编写灾难故事的情节梗概吧。

只是情节梗概而已，没必要写得很长。

- ◆ 作品的题目
- ◆ 主人公周围发生了什么异变？
- ◆ 面对异变，主人公是主动与之产生关联，还是被动地卷入其中？
- ◆ 异变是如何升级的？
- ◆ 主人公的最终结局如何？

只要能把以上5点都写到就好。

正在阅读本书的读者朋友们，请在此暂时把书合上，尝试参加实战演练吧。大家都准备好了吗？预备，开始！

【实战演练2】

请利用第46~47页中的模板，编写灾难故事的情节梗概。

……怎么样？大家都写好了吗？

那么，让我们来看看同学们的作品吧。

创作实例1

社交网络（SNS）危险

①主人公的周围发生了异变。

渗透到整个世界的大规模SNS“阿瓦隆”。人类自出生开始就把连接阿瓦隆的终端装置埋设在大脑中，小到每天的日常购物，大到军事活动，都通过这个阿瓦隆进行。

在主人公亮二就读的高中，同班同学突然在上课时大叫，同时咬住附近同学的脖子，将其撕碎。

亮二的班级被关闭，针对这件事，警察再三叮嘱，强烈要求亮二他们不要向外界透露。

亮二回到家，就把刚才发生的一切都写在了网上的公告栏中，可是内容被即刻删除，再想要写相同内容时就会出现错误提示。

据说，其他同学在博客和论坛上阐述此事时，也同样遭到了删除。

②主人公面对这种异变……主动与之发生关联。

为此甚为担心的亮二，开始展开调查。亮二的父亲是参与阿瓦隆开发的技术人员之一，所以亮二比普通高中生更了解阿瓦隆。

③异变升级。

在调查过程中，亮二发现其他地方也出现了很多突然发狂之人。而发狂者的共同点是，在他们发狂前几个小时，都在阿瓦隆内部与网络虚拟形象黑色阿凡达有过接触。

世界上的发狂者和被发狂者杀害的死亡人数，转眼间突破了5万。

亮二认为阿瓦隆内部的黑色阿凡达会这样做一定是出于某种原因，所以为了邂逅黑色阿凡达，他从父亲那里获得了用于攻击的病毒软件。

这时，亮二的一个朋友看到了黑色阿凡达，并在几小时后发狂。接触过他的其他朋友也都在数小时后发狂。

到目前为止，人们一直以为只要不接触黑色阿凡达就不会发狂，但现在发现，接触发狂的人也会发狂。

现在全世界的发狂者和死亡人数已经超过100万，认为是在阿瓦隆内部感染的人们开始了隔离。连接阿瓦隆的终端装置一旦植入大脑，就无法去除。而且，就算从阿瓦隆的内部注销，自己的分身也不会消失。因此，为了保护自己的分身不受黑色阿凡达的侵害，必须一直处于登录状态。

人们躲在网络中闭门不出，开始囤积粮食，整个城市几乎成了一座鬼城。

④主人公最终……依靠自己的力量解决了异变。

亮二追踪黑色阿凡达的移动日志，找到了事发地点。那是管理着阿凡达的网络内虚拟人格“AI”掌控的研究所。进入研究所的亮二，与AI相遇，得知AI十分憎恨把自己像奴隶般肆意虐待的人类。

亮二把从父亲那里得到的病毒软件装入AI后，AI就抖动着消失了。研究所发现了疫苗，AI和黑色阿凡达的发狂事件就此结束。

好的，非常感谢这位同学的分享。这是以网络传播的发狂病毒为题材的恐慌故事。①～④的流程也写得非常清楚。若要挑剔一点的话，③异变的升级部分“人们先前以为只要不接触黑色阿凡达就不会发狂，可后来才知道其实接触了发狂的人也会发狂”——如果这里设置为“起初只有黑色阿凡达是感染源，但随着时间的推移，病毒发生了变异，变得更为强悍”，就会让升级后的严重程度变得更加鲜明。

我们再来看一篇其他同学的作品吧。

创作实例2

“火车一直往前开”

①主人公的周围发生了异变。

每天早上，由里都会乘坐同一班电车的末节车厢去学校。

在吹奏乐部的比赛中，由里的独奏表现失常，独奏被其他组员取代。由里心有不甘，刻苦练习，这下导致了学习成绩的下滑。由里的父母提出，如果考试成绩不佳，将不允许她再参加社团活动。

于是她拼命学习，熬了个通宵后，迎来了考试当天的清晨。在电车上，有幸找到座位的她，一边想着“要是考试不及格怎么办。我不想参加考试”，一边进入了梦乡。

不久她醒来时，周围已空无一人。窗外是陌生的景色，车厢内的布置也与睡着前略有不同。

②主人公面对这种异变……不由分说地被卷入其中。

由里急忙用手机联络学校和家里，可哪儿也打不通。

由里发现旁边车厢里有个人影，一打招呼原来是东条浩介。他也和由里乘坐同一班电车，突然发现周围一个人都没有，更没到下一站，很是困惑。

浩介比由里更了解铁路。他说从窗外的景色和车厢判断，现在所处的路线并不是自己上学的路线，所以提出建议“去问问司机，也许他会知道些什么。总之先去第一节车厢吧”。

③异变升级。

可是，他们怎么也走不到最前面。因为每前进一节车厢，都会吃尽苦头，不是广告牌朝着两人倒落下来，就是出现大量虫子。每次由里都会乱作一团，浩介则拽着她往下一节车厢走。

就在他们开始感觉疲惫时，身后的车厢里出现了一个发出怪声、挥舞凶器的男人。两人冲入了下一节车厢，并用手中之物固定住车门。

“你当初不是说后面没人的吗？”

浩介狐疑地看着由里，打算丢下她独自离开。这时，男人破门而入，向这边走来。由里迅速护住浩介，最后两人合力制服了对方，但那个男人却突然消失了。浩介向由里致谢并道歉，重归于好的两人终于抵达第一节车厢。可奇怪的是，驾驶座上一个人也没有。

浩介指着驾驶座对面叫道：

“有谁在那儿！”

前方的铁路上有一团黑影。这样下去一定会撞上。“必须让电车停下来！”，由里说着跳上驾驶座，却不知道如何停车。浩介让由里让开，自己坐上了驾驶座。

④主人公最终……成功从异变中逃离。

浩介有驾驶模拟训练器的经验。凭着那时的记忆，电车在险些撞上的地方停住，但黑影却消失了。

由里他们面面相觑，从驾驶座上走下铁轨。看着电车的外观，浩介说："这是C117。早就被淘汰的车型。"

由里想起自己曾参加过C117的退役活动。在那个活动中，有一个项目是让抽签中选的孩子坐上驾驶座。那个孩子就是由里和浩介。出乎意料的共同点，让两人不由抬头望向列车。

那一瞬间，与电车相关的各种风景幻化而出。战争中被卷入轰炸的场面、醉汉胡闹的场面、蜜蜂侵入满员电车引起骚动的场面、铁轨上倒下大树引发事故的场面。

与C117最后结缘的由里等人，谁都怀着"不想下车"的心情。那颗心产生了共鸣，被这个世界所召唤。

浩介说，他和学校的朋友也处得不好，而且因为考试压力而烦恼，一边坐着电车一边想着"干脆就这样去远方吧"。

由里希望回去，浩介也表示同意。

"因为我还记得你。"

由里说完，列车的灯光亮了起来。由里闭上了眼睛。

回过神来时，她已经在原来的电车上了。即将抵达离学校最近的车站。由里一下车，就有人拍她的肩膀，是浩介。两人交换了联系方式。

后来，由里在考试中勉强及格。回家的电车上，她给浩介发了短信，约好一起去铁道博物馆。

好的，非常感谢这位同学的分享。让人联想起《阴阳魔界》《世界奇妙物语》等奇幻作品了。

虽然故事的整体流程已经掌握，但情节中存在多处不必要的细节描写，且③的异变升级部分未作升级，这些地方需要改进。

我具体想说什么呢？请看下图。

图1

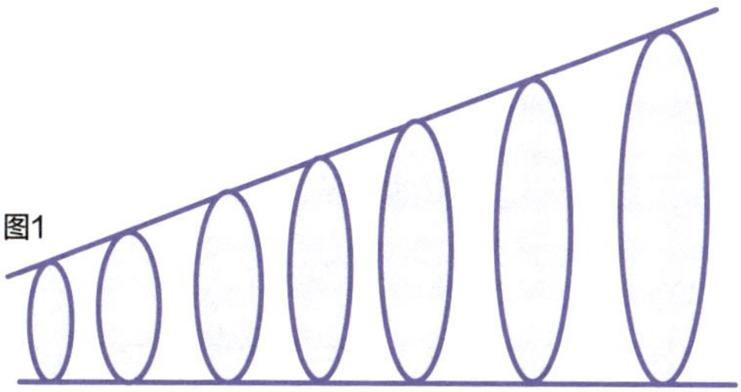

图2

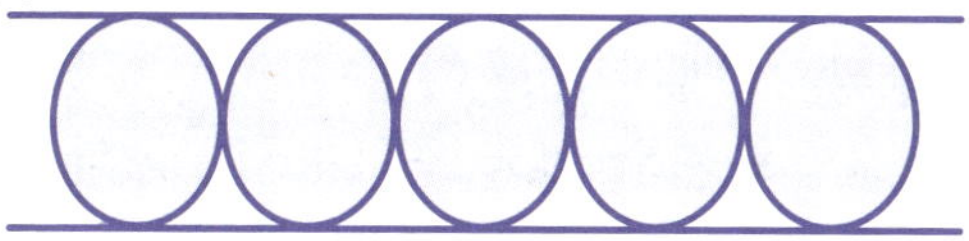

所谓“要让异变升级”，是如图1所示，让事态逐渐扩大的意思。在这段情节中，虽然出现了广告牌朝着两人倒落下来、大量虫子和发着怪声挥舞着凶器的男子，但这些事件之间没有关联，且从事件的规模或者说主人公感受到的危险程度来说也如图2所示，看起来都大同小异。

好不容易制造出这样一个“持续行驶的电车”的密室，如果能把这种紧张状态演绎得活灵活现就更好了。

“那个，我本来是想尝试一下的。所以才在挥舞凶器的男人那段里，插入了浩介怀疑由里的镜头。”

倘若如此，就不能这么简单地解开疑惑。必须让浩介和由里在互不信任的状态下，直面接二连三降临到自己身上的危险……这样的话，我们就可以制作更为惊险的场景了吧。

顺便提一句，这种内部的敌人和叛徒的存在，对提升灾难故事的紧迫感大有裨益。1989年在由好莱坞导演詹姆斯·卡梅隆执导的《深渊》等电影中，就非常巧妙地运用了密室、内部敌人的场景，请大家务必参考一下。

现在，我已经把灾难故事的基本写作方法说明完毕。

接下来，我将变换花样，给大家介绍一下爱情喜剧的模板。

模板 2

爱情喜剧

所谓爱情喜剧是指什么

在电影的世界里，爱情喜剧有时也被称为“浪漫喜剧”。但在本书中，大家可以把它理解成描写美满结局的爱情故事。

爱情喜剧情节的应用范围十分广泛。除了前章介绍过的灾难故事外，为了更好地服务读者，发挥喜剧性调剂[①]的作用，有时经常会在恐怖故事、科幻故事、推理小说等其他类型的故事中穿插爱情喜剧式片段。

如果掌握了爱情喜剧的写法，就能应用这类方法写作了。

爱情喜剧的框架结构极其简单。

模板2

①男女邂逅，坠入爱河。

②两人跨越了重重障碍。

---

① 喜剧性调剂（comedy relief）：在紧张场面中穿插滑稽场面，以缓解过度紧张的手法。——作者注

③最终结为连理。

在这里，②中的“两人克服了重重障碍”部分，需要初学者引起注意。这种障碍不能是诸如“主人公被连环杀人犯盯上”或“两人乘坐的飞机被劫持”之类威胁生命或安全的危机！

因为在尚未习惯写故事之前，采用这样的设定，更容易让爱情喜剧变成灾难故事或悬疑色彩浓重的故事。

除了威胁生命或安全的危机外，我们可以考虑设置两位主角无法简单地成为恋人，或就算成为恋人，也无法过上平稳宁静的日子的场景。

当然，正如我在本章开头所说的那样，灾难故事和行动故事中可以加入爱情喜剧的元素。不过，这次我希望大家练习的，只是爱情喜剧的基本情节。想写很多灾难故事或行动故事的同学，请在此稍加忍耐。

那么，让我们赶紧参加实战演练吧。

【实战演练3】

请列出100种可能成为你“恋爱障碍”的情况。

※但应剔除生命危险和安全危险。

——大家都列完了吗?

那么，让我们来看看同学们列出来的恋爱障碍吧。

100种恋爱障碍

“其中一方单相思”

“其中一方早就有恋人”

“双方各有恋人”

“双方都已经结婚”

“门不当户不对的爱情”

“其中一方不是人，是吸血鬼或者狼人”

“恋人是幽灵”

“有不可对人言的秘密”

“隐瞒过去的过错”

“隐瞒有丈夫或未婚夫的事实”

“有情敌”

“遭到家人的反对”

“家人不反对，也没有情敌，但有人阻碍两人相爱”

“两人是同事，但公司不允许办公室恋情”

“恋人是正义的英雄，只要有怪兽出没就一定出动”

“恋人是魔法少女，只要怪物一出现就必须出战”

“远距离恋爱”

“如《触不到的恋人》一样，与恋人之间存在时间上的阻隔”

“成为恋人后，才发现两人存在血缘关系”

“其中一方得了顽疾”

“其中一方遭到诅咒”

“因为害羞无法向对方告白”

“受制于比自己更强大的人，不被允许向对方表白”

“战时不能说什么恋啊爱的”

“出于国家体制和社会体制等原因，被禁止自由恋爱”

“其中一方没有意识到自己的心意”

“其中一方没有注意到对方的心意”

“两个人都未发现自己的心意”

“和好朋友爱上同一个人”

“自尊心太强，无法坦诚地爱对方”

“爱上了不该爱的人”

“爱上了自己的哥哥或妹妹”

“爱上了父母的仇人”

“父母的关系不好”
“敌对国家的王子和公主”
“一方是同性恋，另一方是异性恋”
“故事进行途中，其中一方比恋人先死”
“故事进行途中，其中一方失踪”
“故事进行途中，其中一方出轨”
“故事进行途中，其中一方放弃了这段恋情”
“其中一方被幽禁于塔中”
“其中一方进了监狱”
“年龄差距过大”
“国籍不同”
“文化差异”
“彼此的价值观不同”
“和唠叨的婆婆在一起”
“和离不开妹妹的哥哥在一起”
“和离不开哥哥的妹妹在一起”
“其中一方有孩子”
“其中一方非常穷”
“三角关系”
“同时有两位异性向自己表白，却不知道选哪个”
“其中一方很受异性欢迎，收到很多异性的表白”
“其中一方有类似酒精中毒和购物狂等不良嗜好”
“只有自己可以看到恋人”
“为了成为恋人，必须通过类似考试的考验”
“如果不打赢恋人的哥哥，就无法交往”
“像《辉夜姬物语》一样，要拿到宝物才能结婚”
“其中一方性格有问题”
“已有未婚妻/未婚夫”
“其中一方突然失忆”
“怀孕后两人的关系变僵”
“其中一方去相亲，导致两人争吵”
“其中一方认为工作比恋爱重要”
“恋人有让人受不了的坏习惯”
“其中一方被跟踪狂盯上”
“其中一方具有双重人格”
“一接吻就会变身”
“男主人公的亲信反对两人恋爱”
“被女主人公的兄弟姐妹嫌弃”

“其中一方不配做人”

“有惹人讨厌、遭人嫌弃的不良嗜好”

“男主人公非常好色”

“女主人公有非常严重的洁癖”

“其中一方是人偶”

“其中一方是机器人或电脑机器人”

“存在禁止两人交往的类似法律”

“女主人公的寿命所剩无几”

“男主人公迅速变老”

“两人间隔着一堵墙”

“如同火精灵和水精灵相爱一样，彼此互为弱点”

“恋人其实是江洋大盗”

“恋人其实是刺客”

“恋人其实是幼儿园的稚童”

“恋人其实是名人，不能公开交往”

“对不起死去的恋人，无法再找新恋人”

“恋人被当作抵押物卖去了妓院”

“恋人突然开始说些莫名其妙的话”

“恋人的个性突然改变”

“男主人公被可爱女孩的幽灵缠上”

“女主人公被帅哥的幽灵缠上”

“恋人突然变成了婴儿”

“恋人突然变成了水桶”

“恋人突然变成了美女或帅哥”

“以前有一部名叫《幸福的条件》的电影，在负债累累的夫妻面前，出现了一位亿万富翁，要求用100万美元买妻子一晚……”

“因某些原因被恋人怀疑或误解”

“身材过胖，这个样子无法表白”

“男人极丑，很明显这样下去就算表白了也会被甩”

“考试不及格，就得不到恋人”

好的，这位同学辛苦了，列出了100个呢。

请大家大致浏览一下。大家有没有注意到，虽说都是“恋爱障碍”，但还是可以分成好几个类别。

比如，出现了多个以“恋人其实是……”起头的恋爱障碍，阻碍两人间恋爱的人物因素也很多。

这次，我们也按类别来看一看吧。

不利条件

在列举的内容中，涉及最多的恋爱障碍就是主人公“一接吻就会变身”“其中一方性格有问题”等不利条件。如何跨越这个障碍成就恋情，是故事高潮中撑起读者兴趣的原动力。

“两人的关系每次都能达到很好的境界，但每次都因为不利条件而告吹”，这种情形虽然千篇一律，但还是相当地受人欢迎。另外，不利条件也代表着主人公的个性，所以它的好处在于方便树立自己的形象。

如果“恋人其实是吸血鬼/狼人/幽灵”这样的设定也能成为

两人相爱的不利条件，那也可以归于这一类型。

碍事者

第二多的障碍是“有情敌”“遭到家人反对”等碍事者的存在。如何消除这种障碍成就两人恋情，是造就故事高潮的原动力。

虽说都是“碍事者”，但也有无数变化，可以是“婆婆”“离不开妹妹的哥哥”等活生生的人，也可以是“可爱女孩的灵魂”“帅哥的幽灵”等不易对付的角色。另外，通过改变碍事者的性格，以及碍事者与男主人公/女主人公之间的力量关系，也可以赋予之后的故事展开诸多变化。

事件

就算出现类似“恋人的人格突然改变”“战时不能说什么恋啊爱的”等不可逃避的事情，也可以制造恋爱的障碍。

在写这种模式时要注意，一定要把作品中发生的事情和两人的恋爱联系起来。

例如，假设你要写“恋人的人格突然改变”这个事情。如果你写的是到底什么改变了那个人、主人公得不到任何人帮助的情况下独自面对谜团或挡在面前的可疑身影……那就已经不是爱情喜剧，而成了悬疑故事。若不是这样，比如，女主人公因恋人的剧变而伤心憔悴，有一天晚上，原先性格的恋人又回来了。其实她的恋人是哲基尔和海德这样的双重人格者，哲基尔和海德都爱着她。女主人公一开始想让恋人变回到哲基尔的性格，但在交往的过程中也喜欢上了海德的性格……这样一来，故事的重点就不再是悬疑，而是两人的恋爱了。

距离和时间、物理上的阻隔

在“远距离恋爱”“超越时代或时间的爱”“其中一方被幽禁”等情况下，男女主人公之间会被距离、时间和物理上的阻隔所隔开。

和前面的情况一样，如果作者只把注意力集中在“主人公怎样跨越这个距离/时间/阻隔才能见到对方”等障碍克服上，就会使恋爱黯然失色，请大家特别注意。

例如，假设你要写这样一个故事：因为时光机发生故障，恋人穿越时被甩到了中世纪欧洲的某地，主人公前去找她。如果在寻找恋人的过程中，两人没有任何交集，那么读者的兴趣就会逐渐转移到主人公如何克服困难的过程上，而非主人公与恋人之间的关系。那样或许也能写成一个有趣的故事，但在那种情况下，恋人的存在就变成了单纯的“旅行目的”，就写不成主人公和恋人的爱情故事了。

在这种情况下，如果主人公读到恋人所到之处留下的讯息，产生希望见面的心情，那就不会切断两人间的联系。或者，主人公在寻找恋人的旅途中，遇到了命中注定的人（=其实她才是属意之人），这样一来，原来的恋人就成了目前两个人恋爱的绊脚石，就可以写成一部兼有时间隔阂和碍事者的爱情喜剧了。

左右为难

“为了履行义务，不得不与自己不爱的人结婚”“和好友爱上同一个人，但考虑到好友的感受不能表白”“爱上了不该爱的人”……，它们虽然存在义务与恋爱、友情与恋爱、社会规范与恋爱的差异，但主人公夹在其中左右为难这点是相同的。从这个意义上来说，同时被两位异性表白的三角关系，也应该属于这个范畴。

在写这种模式的爱情喜剧时，重点要放在怎样才能让主人公难以抉择（三角关系的情况下选命定之人）上。

因为它与前面介绍过的模式都不同，在这种模式下，支撑读者好奇心的原动力是“主人公到底会在义务（或友情、遵守社会规范）和恋爱中选择哪一个？”这个问题。

所以，主人公拿来与自己的爱情相提并论的对象，无论是友情还是社会义务，都必须是对主人公来说极难违背的。

爱情喜剧的结局一定是美满的。也就是说，不管什么东西来到天平的另一端，主人公的爱情最终都会一帆风顺。但至少读者在读到故事高潮时，是难以察觉到这一点的。如果你能让读者产生诸如“说不定主人公就这样放弃恋爱了”“这样下去，两人的恋情可能会泡汤”的危机感，你的情节设置就算是成功的了。

差距和惩罚、秘密和基准

“门不当户不对的爱情”“其中一方不是人类”这种身份、世代、种族间存在的差距，像“火精灵和水精灵之恋”一样，想要成就恋情就会遭受惩罚的机制，也可以作为恋爱的障碍使用。而设定其中一人或两人拥有不能向对方言说的秘密这一情节，也可以作为一旦戳穿就要接受惩罚的技巧使用。读到故事高潮的读者的好奇心，在于“两人如何克服这种差距/惩罚来成就恋情”上。

话说回来，相似的设定如果加上“不在竞赛中获胜就得不到恋人”“为了成为恋人，必须通过某种考验”的基准，独角戏就很难写成爱情喜剧，所以要特别注意。

因为如果按照这种设定写下去，读者的兴趣无论如何都会朝着“主人公是如何在这个竞赛/考验中胜出的”方向发展。和使用事件、距离、时间的时候一样，要注意不要切断两个人之间的羁绊。

心情

虽然“其中一方单相思”“因为某种原因被恋人怀疑、误解”等障碍是比较容易马上想到的，但很难单独使用的，也正是这种心情问题。

将障碍（比如，因为自己太过害羞，无法向自己的爱恋对象表白）和自己的不利条件组合起来使用，或将处于夹心饼干的状况（比如，女友误会主人公总在关键时刻消失是因为不爱自己，但实际上主人公必须得隐瞒自己是正义英雄的事实）与自己的秘密结合起来使用会比较好。

综上所述，根据大家列举的想法，我整理了能让故事进行到高潮的恋爱障碍。

当然，阻碍主人公恋爱的障碍还有很多。请大家开动脑筋，想出能让读者和我大吃一惊的恋爱障碍吧。

编写爱情喜剧的情节梗概

那么，素材已经齐备，终于可以来写爱情喜剧的情节梗概了。爱情喜剧的模板，正如我在本章开头说明的那样。

①男女邂逅，坠入爱河。

②两人跨越了重重障碍。

③最终结为连理。

请在该模板的基础上，根据以下四方面内容，试写情节梗概。

- 作品的标题
- 两人邂逅、坠入爱河的契机
- 两人相恋的障碍是什么？
- 两人是如何跨越障碍，迎来美满结局的？

正在阅读本书的读者朋友们，请在此暂时合上书，参加一下实战演练吧。

那么，预备，开始！

【实战演练4】

请用第64~65页的模板，编写爱情喜剧的情节梗概。

……怎么样？大家都写好了吗？

那么，让我们来一起看看同学们的作品吧。

创作实例3

《千代姬夜话》

①男女邂逅，坠入爱河。

千代是战国时期大名[①]的女儿。千代14岁那年，故乡被敌国的竹虎所破，双亲也在那场战争中被杀。战争中唯一幸存下来的千代，在乳母的劝说下出家为尼，现在每天在敌国的尼姑庵里，和乳母一起过着祭奠亡族追捧冥福的日子。

---

① 统一管辖领地的独立领主。——译者注

有一天，邻国的武将率兵顺道路过尼姑庵。你道那名武将是谁？正是千代以前的未婚夫贵龙。

久别重逢，两人欣喜万分。千代自从被父亲许配给贵龙时起就芳心暗许，而贵龙也对身为尼姑却出落得楚楚动人的千代一见倾心。

“若非这样的时候，这样的境地……！”

庵内一间房间里，贵龙竭力说出的这句话，让两人陷入了热恋。

②两人克服了重重障碍。

但是，千代早就出家为尼了。对于贵龙说出口的“还俗就行”的言论，乳母进行了严厉申斥。

“当初竹虎就是为了抢夺千代的母亲登代才发动的战争。登代夫人不从，与你父亲共赴了黄泉。如果与登代夫人一个模子刻出来的千代小姐还了俗，必然会引来竹虎的觊觎。”

③最终喜结连理。

贵龙攻打竹虎国，灭了竹虎城。千代还俗，与贵龙喜结连理。真是可喜可贺!

好的，非常感谢这位同学的分享。这是一部以战国时代为舞台的爱情喜剧。恋爱的障碍是敌国将领竹虎，解决方案是讨伐竹虎。真是简单明快的故事情节啊。如果挑剔一点的话，还可以对竹虎向两人提出的无理要求部分多做些说明。

不过，有了这样扎实可靠的故事框架，后续有的是可以考虑具体细节、安排和演绎等的机会了吧。

让我们再来看看其他同学的作品吧。

创作实例4

“幸运曲奇”

①男女邂逅，坠入爱河。

凯特是个在曲奇饼干店打工的不起眼的女大学生。被男友甩的第二天，室友卡拉对她说：“去改变一下形象，让他对你刮目相看。”于是，她去了卡拉认识的化妆师裘德的店里。

一开始，凯特对拥有冷艳美貌的裘德有些胆怯，但在化妆的过程中得知裘德最喜欢吃曲奇饼，很是投缘。在裘德帮助下变成神秘美女的凯特，化名为“V”在大学校园里闲逛，痛痛快快地向前男友展开报复。

凯特为了答谢裘德烤了曲奇饼，碰巧也是裘德喜欢的味道，不知不觉间，两人的关系上升到了朋友和恋人之间。

②两人跨越重重障碍。

凯特没打算再当“V”，但卡拉却用“V”的照片参加了校内的选美比赛。她不仅一举拿下大奖，还被一家大型模特经纪公司相中，邀请她成为专属模特。

凯特答应了，条件是“要由裘德替她化妆”，“V”瞬间登上了时尚杂志*VOGUE*的封面。但是被“V”抢了人气的顶级模特米拉想高薪挖走裘德，遭到拒绝后向报社透露了凯特的素颜。伤心的凯特独自回到了故乡。

③最终喜结连理。

有一天，裘德出现在重新跑去曲奇饼店打工的凯特面前。

“我要一公斤巧克力曲奇饼。”

这与两人第一次接吻那天，裘德小声嘟囔的话语相同。

好的，非常感谢这位同学的分享。这是好莱坞爱情喜剧电影中才会出现的情节，我觉得故事的主要内容写得不错。恋爱的契机是凯特烤制的曲奇饼，爱情的障碍是顶级模特米拉。

只是令人在意的是，它和前面的作品一样，只写了一个米拉设置的障碍，导致大团圆结局的解决方案比较模糊。米拉向报社泄露凯特的素颜，为什么会让凯特“伤心”呢？“V”的身份暴露后，凯特可能会失去模特的工作，但这似乎不会影响她和裘德的爱情。因为裘德本就知道“V”就是凯特，就算这个消息被曝光，既不会让裘德对凯特的梦想幻灭，更不会厌弃凯特。

假如把这部分内容改成米拉宣布自己和裘德订婚了，或者故意让凯特看到她和裘德深夜一起从酒店出来的场景，那就能制造凯特怀疑裘德变心、令两人生出龃龉的爱情纠纷了吧。

或者，原本就对自己的容貌感到自卑的凯特，看到裘德和米拉俊男美女的组合后，感叹自己到底是比不过米拉，不配成为裘德女朋友的话，女主人公的心里就会出现问题，所以这也是一个很好的爱情喜剧的情节。

大家觉得怎么样？爱情喜剧的基本写法，大致都明白了吗？

在下一章中，让我们以主人公的特长和职业为基础，来写写英雄故事的情节梗概吧。

模板 3

英雄故事

所谓英雄故事是指什么

一说起“英雄故事”，大家的脑海中会浮现什么样的作品呢？

奥特曼、假面骑士、蜘蛛侠那样会变身的英雄。以《秘密战队五连者》为鼻祖的超级战队系列。主人公不会变身，但具备优秀才能或精良武器，并能借助这些力量解决事情，击退敌人——大概很多人都会联想到这样的故事吧。

本书中涉及的英雄故事模板如下所示。

模板3

①拥有某项特长或从事某种职业的主人公，接到了工作委托或遇上了麻烦。

②主人公利用特长或专业知识克服了重重困难。

③最终完成了别人委托的工作或解决了问题。

如果能够设定好①中的特长或职业，英雄故事的模板就具备了比较容易系列化的优势。

如果把主人公的职业设定为“侦探”，就能写成《夏洛克·福尔摩斯历险记》那样的侦探小说；如果把主人公的职业设定为“医生”，就能写成《怪医黑杰克》那样的医疗故事了吧。另外，如果主人公具备网球、足球、拳击等运动才能，就有可能写成《第一神拳》《网球王子》那样的运动题材类故事。

英雄故事通过先决定主人公的特长，就容易产生一些突发奇想。与其只考虑主人公的职业（如“主人公是钢琴家”或“小偷”），不如设定为“只是听了一部分旋律，就能完美弹奏原曲的钢琴家”或“世上没有偷不到的东西的神偷”，不就更容易思考故事了？

所以，让我们赶紧参加实战演练吧。

【实战演练5】

请写出100个堪当主人公特长的能力。

——大家都写好了吗？

那么，让我们来看看同学们列出来的特长吧。

100项特长

“能看见灵魂”

“一接触尸体就知道死因”

“能读懂留在现场的思念”

“具有念动力①”

“会心灵感应”

“具有透视能力”

“长生不老”

“能变成任何事物”

“乔装高手”

“口技高手”

“无论怎样的密室都能逃脱”

“可以和动物说话”

“一定时间内，战斗力大增”

“具备预知能力”

“使鞭子好手”

“擅长（足球）运球”

“能穿越时空”

① “念动力”亦即通过意念来操纵事物的一种能力。——译者注

“可以在一定时间内让时间停止”

“可以在一定时间内缩小身体”

“可以诅咒杀人”

“可以念写②”

“无论坏成什么样的物品都能恢复如初”

“拥有谁也无法抗拒的声音”

“能自己飞上天”

“暗杀专家”

“能让人自燃”

“能变透明”

“击剑世界冠军”

“下国际象棋的水平世界第一”

“能说服任何异性”

“操控任何射击武器都能百发百中”

“飞镖高手”

“不论对方是什么人，都能通过嘴上说说就令其相信”

“主人公制作的人偶和布偶玩具都有生命”

“能随心所欲地操控最强机器人”

② 念写是一种超能力，将心中浮现的想法和概念显现在纸上。——译者注

“豢养最强宠物”
“拥有最强怪物”
“再深的心灵创伤也会治愈”
“被誉为‘插花之神’的本领”
“听了主人公演奏的曲子，怎样冷血的汉子也会心动”
“能够操纵重力”
“任何语言都能立刻掌握”
“无论怎样的男人都能用美色拿下”
“剑玉[①]冠军”
“跳箱冠军”
“曾在糕点师大奖赛上得过大奖”
“让动物亲近的名人”
“会用起死回生术”
“每月只需1000日元就能生活”
“记住图书馆里所有书的标题和内容”
“能让长相遗憾的模特变成美女的化妆师”
“能猜中台风的行进方向”
“能预知地震和火山喷发”
“编织高手”
“拼图高手”
“驾驶技巧是绝技”
“擅长制作塑料模型”
“能制造伪钞”
“能绘制赝品”
“能读写世界语”
“会说拉丁语”
“（在文盲率较高的地区）只有一个人能读能写”
“只吃一口菜，就能猜中里面有什么”
“只喝一口葡萄酒，就知道产地和年份”
“任何防火墙都能攻破的黑客”
“从未在射击游戏中输过的游戏玩家”
“拥有跟狗一样的嗅觉”
“可以随心所欲地改变自己的身体年龄”
“可以冷冻任何手接触到的东西”
“体香非常好闻”
“能看见妖精”
“会使用魔法”
“能看见红外线和紫外线”
“找到失物的名人”

① 即剑球，起源于11世纪，是一种传统的日本民间游戏，本身是来自当时法国的一种游戏“比尔博凯”，其含义是杯子和球的游戏。——译者注

“鉴定古董的眼光敏锐”
“动态视力非常好”
“回收能手”
“翻修高手”
“精通各种搏击术”
“能用超能力治病”
“越狱高手”
“只要看到现场的痕迹就能再现事件的情形”
“跟踪和追踪从没失败过”
“狩猎能手”
“卓越的倾听者”
“无论什么样的问题儿童都会亲近”

“能听懂痴呆症老人所说的话”
“任何东西都能一分为二”
“潜水高手”
“能用垃圾创造艺术”
“能用冰箱里的剩菜做一顿丰盛大餐”
“任何废品都能高价出售”
“能从失物中找出失主”
“制伞高手”
“现在暗中把失传的染色技术传承下去”
“日内交易达人”
“拥有未来的技术”
“工笔画名家”
“挽救濒临破产的经营的能人”

好的，这位同学辛苦了。刚好列出了100个呢。那么，这次我们也将它们按照不同类别分类后，看一下代表性的特长吧。

技能

在列出来的内容中，最多的就是“鉴定古董的眼光敏锐”“口技高手”等实际存在的技能。“翻修能手”“能用冰箱里的剩菜做一顿丰盛大餐”等家庭技能和“任何防火墙都能攻破的黑客”“日内交易达人”等职业技能也很多。相反，“暗杀专家”“精通各种搏击术”等战斗技能却出乎意料地少，这可能与该教室同学的年龄和职业也有关系。

“擅长（足球）运球”“击剑世界冠军”等设定了比赛项目的技能，除了可以运用到主人公克服重重困难，最终赢得大赛胜利这种经典的体育类题材中外，还可以转换到不同竞技或不同职业中使用，如“射击游戏中所向无敌的玩家被军队看中，成为厉害的狙击手→运用射击游戏中的特殊技能克服重重障碍，完成任务”。

如果用同样的步骤，设置“临摹画作的高手被黑手党掳走后制作伪钞……”的情节，就可以用同样的模板来创作犯罪小说的情节了。

即使是乍看下常见的技能，也可以通过思考“是否能在其他领域中发挥作用”，来拓宽各种可能性。请大家务必挑战一下。

超能力

第二多的是“能看见灵魂”“具备预知能力”等超能力类的技能。这类技能变化多端，既有“念动力”“心灵感应”等ESP类技能，又有“能使用魔法”“能看见妖精”等幻想类技能，还有“能诅咒杀人”等超自然类技能。或许，“和狗一样的嗅觉”“体香非常好闻”等现实中不可能存在的特殊体质，也属于这个范畴。

当将超能力当作男主人公的特殊技能使用时，尽可能地对其超能力进行限定，是让故事变得有趣的诀窍。譬如，虽然主人公能够使用魔法，却只能维持一天或只能使用一种。

在尾田荣一郎的超人气漫画《海贼王》中，主人公路飞只会使用一种技能，就是“手脚能像橡胶一样伸长”。另外，作为误食恶魔果实获得特殊能力的代价，作者还给主人公设定了“永远无法游泳”的缺陷。即通过故意设定缺陷，让男主人公陷入危机，以达到增加悬念的效果。

道具

“可以随心所欲地操控最强机器人”“豢养最强宠物”等“拥有最强××”的想法也被列举了不少。“××”这个部分，无论是精灵梦可宝这样的活物，还是印盒、机械战士等无机物质，共同之处是都能给主人公带来完成课题、解决问题的能力。所以，请允许我在此将它们笼统地称为“道具”。

英雄故事中使用的道具大致可以分为两类：像“机动战士高达”等机械战士那样、用于完成课题和解决问题过程中的道具，和《水户黄门》中的印盒那样、作为必杀技使用的道具。

不用说，如果你一开始就使出必杀技，故事就没意思了。就算在最后用必杀技解决了问题，也需要下番功夫让整个阅读过程充满乐趣。在这一点上，电视连续剧《水户黄门》就是通过将故事分成两部分，很好地解决了这个问题。下面就来给大家稍微介绍一下吧。

我想很多人都知道，虽然《水户黄门》中也有一些例外，但大部分剧集都是采用下述模式展开的。

①【前半部分】黄门大人、佐佐木助三郎和渥美格之进在旅行途中遇到了事件的受害人。

②听完受害者讲述后，一行人开始对事件进行调查。

③事件的幕后黑手浮出水面。

④黄门大人将在以幕后黑手为首的相关人等聚集一堂后，揭示事情的真相。

⑤【后半部分】见事情败露，幕后黑手气急败坏，进入战斗场景。

⑥战斗告一段落后，“全部退下，退下！你没看到这个家徽吗？”说出决战前的固定台词，再使出葵纹印盒（=必杀技），然后幕后黑手们败北。

⑦幕后黑手一伙受到了应有的惩罚，受害人得到了奖赏/洗清了冤屈/无法实现的恋情成真了/病治好了，解决了当初的问题。

⑧黄门大人、佐佐木助三郎和渥美格之进重新踏上旅途。

在①～④的前半部分中，佐佐木助三郎和渥美格之进（有的故事中是风车弥七等）发挥各自的特长，追查事件的幕后黑手。在④中会明确幕后黑手是谁、干坏事的经过，所以只要在这里幕后黑手投降了，结束故事也没有关系。

这里加上后半部分的动作场景，再使出黄门大人的必杀技——印盒，就实现了那个独特的节奏或者说是约定。

顺便提一句，“前半部分=解谜，后半部分=动作”这种结构，除了在古装剧《胡闹将军》中出现之外，还被特效作品《奥特曼》《假面骑士》和刑事电视剧《向太阳怒吼！》、动画片《时间飞船》系列等很多节目所采用。

虽然是“约定”，但从作品制作和播放的持续时间来看，如《水户黄门》是42年，《胡闹将军》24年，《向太阳怒吼！》15年，《时间飞船》系列8年，就可以知道这种模式是多么容易被观众理解和受观众喜爱了。

综上所述，我们已经分门别类地对英雄故事中可能成为主人公特殊技能的能力进行了分析。虽然有些啰唆，但这里只是对我们教室里学生列出来的内容进行了分类而已，还有很多有魅力的特长和能力有待发掘。请大家开动脑筋，创作出拥有自己特长的魅力英雄吧。

编写英雄故事的情节梗概

那么，这次就请大家来写英雄故事的情节梗概。英雄故事的模板正如本章开头部分介绍的那样。

①在具备某种特长或从事某种职业的主人公身边，出现了工作委托或问题。

②主人公利用特长和专业知识克服各种障碍。

③最终完成了别人委托的工作或解决了问题。

请在这个模板的基础上，一边思考下述四点内容，一边编写情节梗概吧。

- 作品的标题
- 主人公的特长
- 主人公应解决的问题或应达成的目标是什么?
- 主人公是如何解决问题，或如何达成目标的?

正在阅读本书的读者朋友们，请在此暂时合上本书，尝试参加实战演练吧。

那么，预备，开始!

【实战演练6】

请使用第86~87页的模板，编写英雄故事的情节梗概。

……怎么样? 大家都写好了吗?

那么，让我们来看看同学们的作品吧。

创作实例5

“正义之书”（book of justice）

①在具备某项特长或从事某种职业的主人公身边，出现了工作委托或问题。

浅仓麻衣是一个性格内向、喜欢阅读的14岁女孩。某天放学后，她在将要拆毁的旧校舍里捡到了一本奇怪的书。书名为《正义之书》。翻开书页，上面的文字仿佛在和麻衣说话。

“我是book of justicee。你可以叫我BJ。事出突然，非常抱歉，不过现在这个瞬间，你也正面临着危险。”

BJ在被称为“书之世界”（book world）的异世界[①]中扮演着类似刑警的角色。

据说有一天，BJ被那个世界的罪犯——book of evil（BE）一伙抓住，险遭焚毁。千钧一发之际，他逃到了这个世界。

“BE应该已经找到了这个地方，希望你能保护我免受他们追兵的追捕，帮助我寻找失踪的‘字典’。”

②主人公利用特长和专业知识克服各种障碍。

---

① 通常是以自己所在的世界为中心，对自己所在的另一个世界的称呼。“异世界”包括平行世界、横向时空轴、二次元空间等。——译者注

面对认为自己绝做不到、打算打退堂鼓的麻衣，BJ提议说：“我不会让你免费服务的。今后，无论从什么书中，我都会赋予你一次让物品实体化的能力。”

即便如此，麻衣还是不愿意。突然，一大群老鼠出现在她的面前。老鼠们看也不看麻衣，齐刷刷地向BJ发动了攻击。

“它们都是BE派来的刺客。是哈梅林的老鼠！再这样下去我会被咬成碎片的！”

麻衣迅速拾起BJ，一溜烟地逃离了旧校舍。

③**最终完成了别人委托的工作或解决了问题。**

BJ对逃出旧校舍的麻衣说：“哪儿都行，快去有书的地方。”麻衣遵照指示，冲进了图书馆，从《哈梅林的吹笛人》一书中将吹笛人实体化后击退了老鼠，成功保护了BJ。

“我果然没有看错你。今后也请多多关照。”

读了BJ网页上出现的文章后，麻衣意识到自己卷入了一件荒唐的事情中。

好的，非常感谢这位同学的分享。这是一个捡到奇书的女孩的冒险经历，上述内容好像是她的第1集哦。

主人公麻衣的特殊技能是把BJ（=道具）和书中出现的东西进行一次实体化的能力。BJ不仅是道具，同时也具备了人格，所以这个故事也可以写成像电视剧《搭档》那样的英雄故事。如果反叛BE不断派出的刺客是僵尸或者杀人狂，就会充满恐怖气息。如果像这次一样从世界名著童话中出现的话，那就可以写成充满幻想色彩的故事了。请务必延续这种状态，来考虑故事的第2集、第3集哦。

让我们再来看看别的同学的作品吧。

创作实例6

“天职咨询师真田勇气”

①在具备某项特长或从事某种职业的主人公身边，出现了工作委托或问题。

真田勇气是久留见市职业介绍所的员工。他的工作是给年轻的啃老族、因裁员而丢掉工作的失业人员发介绍信，指导他们填写简历和应聘申请表。职业介绍所的员工会定期调动，所以勇气是三天前被调到久留见市的。

那天早上，38岁的无业游民明彦来到了勇气的窗口。听老同事们说，明彦是这里出了名的麻烦人物。

②主人公利用特长和专业知识克服了重重困难。

在和明彦的面谈中，勇气总觉得明彦很眼熟。明彦是10年前电视上极受欢迎的偶像艺人组合“JANK”中的一员。曾经红极一时的JANK，因明彦持毒被曝光而解散。之后几乎所有的成员都以歌手或演员的身份回归，只有明彦至今一直没有工作。

勇气耐心地倾听了明彦的讲述，还查明当初令JANK解散的毒品其实并非明彦所有，而是队长淳的物品。为了保护比明彦更受欢迎的淳，制片公司的董事们让明彦背了黑锅。

③最终完成了别人委托的工作或解决了问题。

经过与勇气的多次面谈，明彦逐渐恢复了干劲。为了成为一名摩托车维修员（这是明彦成为歌手前的兴趣），明彦一边向多家公司投递简历，一边利用休息日去老人院和监狱义务唱歌。

有一天，在监狱结识的前无业人员大久保告诉明彦：“淳现在还在吸毒。”事情有了快速的进展。

明彦说：“想再和淳谈一次”，就骑着摩托车去了淳和毒贩见面的地点，险些又要替淳背黑锅而被警察逮捕。赶到现场的勇气证明了明彦的清白，淳过去所犯罪行也随之浮出水面，这次淳真被警察抓走了。

好的，非常感谢这位同学的分享。这是一个以职业介绍所职员为主角的、很有特色的英雄故事啊。主人公在职业介绍所工作，这样的设定很符合当下。不过，有一点尚不明确，就是主人公勇气的特长到底是什么。勇气最终是如何解开麻烦人物明彦的心结的？另外，关于明彦，只单纯提到他是个麻烦人物，却并没有写他具体制造了什么样的麻烦。

比如，大白天就开始喝酒，满身酒气地来介绍所纠缠办事人员的明彦和来到窗口一言不发的明彦在性质上就很不相同，哪怕同样是制造麻烦。

如果勇气的特长是“千杯不醉”，或许能把同样海量的明彦灌醉。或者，如果你有“明明是心理咨询师却喋喋不休，最终引得对方生气，把自己的事情和盘托出”的本领，或许可以让沉默不语的明彦开口说话。

像这样，通过改变人物的特性，也可以使故事情节发生巨大变化。所以，等大家习惯到一定程度后，也可以试着改变主人公或配角的性格，体验一下情节是如何变化的。

而且，这部作品还有一点令我在意。就是在这个故事中，主人公应该解决的课题不够清晰。

勇气的目标是“让明彦重新就业”，还是“证明明彦过去的清白，让淳被抓”？按照现在的写法，我总感觉勇气在前半段和后半段中的目标不太一致。

在想尽办法让明彦再就业的过程中，得知了明彦的过去，这样的情节推进本身并不坏。然而，勇气只是职业介绍所的一个职员，他为什么会跑去毒品交易现场，单这点情节梗概介绍，还是无法令人释疑的。

如果在反复面谈的过程中，勇气和明彦之间建立起了超乎职员和求职者间的友谊，或者麻烦人物明彦强行带勇气去现场的话，或许与后半段的联系就会变得明确了吧。

在此基础上，明彦证明了自己的清白，终于可以在摩托车公司工作了，真是可喜可贺！如果这样设置情节的话，故事就更容易理解了。

大家感觉怎么样？英雄故事的基本创作方法，大家都大致清楚了吗？

既然麻衣和BJ、勇气和明彦这两对搭档已经登场，那接下来我就给大家介绍一下二人搭档的故事模板吧。

模板 4

搭档故事

所谓搭档故事是指什么

“buddy”在英语中是“搭档”的意思。有一部名为《搭档》的电视连续剧最为贴切，它的故事框架也是搭档故事的结构。

立场和性格完全相反的两个人，在不断争吵的过程中，逐渐建立起牢固的羁绊……这么一说，“哦，说的就是那个故事”——大家是不是就想到类似作品了呢?

在电影的世界里，它被称为“搭档影片”（buddy film）或者“搭档电影”（buddy movie），是单如此就确立了一大类型的重要情节。请大家务必掌握，运用到自己的作品中去哦。

那么，让我们赶紧来看看搭档故事的模板吧。

模板4

①主人公和副主人公相遇，一起行动。

②两人在反复对立和纠结的过程中。

③最终两人之间形成了牢固的羁绊。

接下来，我们拿它和第64页介绍过的爱情喜剧模板进行对比。

①男女邂逅，坠入爱河。

②两人克服了重重困难。

③最终结为连理。

大家觉得怎么样？是不是很相似呢？

无论是搭档故事还是爱情喜剧，两人相遇、最终变得友好融洽的过程都是一样的。

不同之处，首先体现在①上。爱情喜剧中的男女主人公会在较早的时间点建立起恋爱关系，而搭档故事中的主人公和副主人公只是一起行动而已。而且在那个时间点，比起相互间抱有好感，还是互相反感的情况居多。

另外，爱情喜剧中的主人公基本都是男女组合，而在搭档故事中，可以有多种组合，如父子、兄弟、同事，还可以是1989年制作的美国电影《冲锋9号》中的人与动物的组合。

接下来是②的部分。在爱情喜剧中，挑拨两人关系的障碍可以是不利条件、碍事者、惩罚等各种形式，而搭档故事基本以两人的对立和纠结为主。可能我比较直截了当，只要能把怎么都合不拢的两个人组合在一起，剩下的只要写两人不断冲突后又和解就行。可以说，这个任务完成了，就相当于完成了搭档故事的一半情节。

“不好意思，我能提个问题吗？”

可以，请说。

“我以前看过《冲锋9号》，那是一个刑警缉毒的故事吧。”

是啊。

“的确有几场主人公和警犬搭档相处不融洽的戏份，但那都是相对次要的小插曲，我总感觉主要内容还在主人公能不能抓住走私犯上……”

原来如此。我简单整理一下您的问题。

《冲锋9号》讲的是主人公缉毒的故事，只有少量与搭档警犬相处亲密的片段。也就是说，《冲锋9号》应该不是搭档故事——您是这个意思，对吗？

“对。”

那我明白了。我来回答你吧。

你还记得故事类型吗？虽说都是“故事类型”，却有着各种不同的分类方法，对吧。如果按照结局分，电影《冲锋9号》属于喜剧结局；如果按照时间分，它又属于现代故事；如果按照主人公的职业分，就是刑警故事。

在故事类别中，还有一种按照大致的故事脉络（=情节）来进行分类的方法，就是这些章节中介绍的爱情喜剧或英雄故事。

但是，也没有规定说，一部作品就只能使用一个这样的情节。就像作品中可以有爱情喜剧或英雄故事，如同大部分体育题材的作品中也都包含了成长故事的要素一样，娱乐作品一般也都是跨类型创作的。

您问的《冲锋9号》如果按照情节分，把目光聚焦于“主人公利用自己的职业技能解决问题”这点上就是英雄故事；如果关注主人公与合不来的搭档反复争吵，最终结成同盟这点上，那就可以说是搭档故事。

这种情节复合技法，作为技能来说属于中级水平。为了初学者练习的需要，请注意尽量写相对简单的情节。

那么，我们回到搭档故事的话题上来。只要把怎么都合不来的两个人组合在一起，情节就完成了一半。既然如此，我们必须要做的，就是思考容易引起两人对立和纠结的配对。

世上能引起对立和纠结的素材多如牛毛，本书将从以下两个角度来进行分析。

A. 双方的力量关系

B. 价值观的差异

谁都不喜欢被人强迫。但是，如果对方是你的上司，或者你被人抓住了把柄，那么就算你再不情愿，也只能服从。如果你必须和这样的人从早到晚在一起呢？——之前想办法隐藏不说的真心话，也会在某些时候脱口而出。被说的一方因为不高兴，便会用权力当作挡箭牌来说教，攻击对方的弱点……这样两人间的隔阂便日益加深。

像这样，有意识地在双方的力量关系上设置差距，就能在双方关系上播下反感的种子。

那么，如果两人势均力敌又会如何？就不会不和了吗？没有那样的事。同个单位对桌共事的同事，一个无法忍受对方的邋遢散漫，另一个吃不消对方的喋喋不休。这样的例子不胜枚举。在这种情况下，引起双方冲突的理由并不是力量关系，而是双方价值观的差异。

所以，这次的实战演练会兼顾这两个方面。请大家准备一张大一点的纸。用惯电脑的朋友，也可以打在电脑上。

准备好之后，请大家把想到的双方力量关系上的差距组合和价值观的对立组合分别写出来。最少50个，可以的话，希望能各写100个。

正在阅读本书的读者朋友们，请在此稍作停歇，开动脑筋好好想想吧。大家都准备好了吗？预备，开始！

【实战演练7（1）】

请写出100对主人公和副主人公双方在力量关系上存在的差距组合。

——大家都写好了吗？

那么，让我们来看看同学们的回答吧。

100对力量关系上的差距组合

"上司和部下"

"老师和学生"

"父母和孩子"

"捕食者和被捕食者"

"警察和罪犯"

"前辈和后辈"

"老年人和年轻人"

"大动物和小动物"

"胁迫方和被胁迫方"

"追赶者和被追赶者"

"恋慕者和被恋慕者"

"(军队中的)长官和部下"

"总经理和秘书"

"欺凌者和被欺凌者"

"蜘蛛和蝴蝶"

"狮子和老鼠"

"优等生和劣等生"

"高智商的人和低智商的人"

"受欢迎的人和不受欢迎的人"

"人气歌手和冷门歌手"

"畅销书作家和二流作家"

"军人和普通市民"

"政府官员和普通市民"

"军人和俘虏"

"店员和在店里偷东西被抓的人"

"封建社会中的男人和女人"

"健康人和残疾人"

"活着的人和幽灵"

"僵尸猎人和僵尸"

"吸血鬼和普通人"

"超能力者和普通人"

"怪物和普通人"

"骚扰者和被骚扰者"

"媳妇和婆婆"

"富人和穷人"

"成功者和失败者"

"实现梦想的人和无法实现梦想的人"

"智者和愚者"

"猴王和普通猴子"

"嫌疑人和没有嫌疑的人"

"恐怖分子和人质"

"银行劫匪和人质"

"监禁别人的人和被人监禁的人"

"歧视别人的人和被别人歧视的人"

"国王和乞丐"

"神偷和不顶用的小偷"

"技术高超的杀手和没用的杀手"

"资深律师和新手律师"

"能干的刑警和没用的刑警"

"名医和庸医"

"兔子和乌龟"

"顶级赛跑选手和运动部的中学生"

"当红歌星和伴舞"

"中央麦克风和其他很多麦克风"

"猫和老鼠"

"征服者和被征服者"

"主人和奴隶"

"元老院议官和普通市民"

"行军蚁和普通蚂蚁"

"蜂王和工蜂"

"直系和旁系"

"总公司的员工和借调地的员工"

"总部人员和分部人员"

"有夜视能力的人和无夜视能力的人"

"眼睛好的人和眼睛不好的人"

"(在宇宙中)氧气充足的人和氧气不足的人"

"石油出产国的人和石油进口国的人"

"批发商和零售商"

"编辑与作家"

"编辑与漫画家"

"店员和顾客"

"税务局的人和普通市民"

"面试官和求职者"

"(军事国家)的武官和文官"

"皇帝与宦官"

"(太上皇替天皇执政情况下的)太上皇和天皇"

"老人和护工"

"封建君主和平民"

"社长和专务董事"

"老中[①]和若年寄[②]"

① 江户时代直属将军，总理政务，监督诸侯的幕府最高官员。——译者注

② 江户幕府的官职。直属将军，次于老中。——译者注

“奉行[①]和同心[②]”

“(茶道等的)掌门人和弟子”

“忍者村中的忍者和叛忍[③]”

“大人和小孩”

“首发队员和替补”

“(未来社会的)地球人和殖民地的人”

“说谎的人和不说谎的人”

“有秘密的人和没有秘密的人”

“生病的人和健康的人”

“眼睛能看见的人和眼睛看不见的人”

“认识路的人和不认识路的人”

“神和活供品”

“嫌疑犯和未被怀疑的人”

“罪犯和受害者”

“毒贩和他的客人”

“隐形人和普通人”

“受束缚的人和自由人”

“开超级跑车的人和开普通轿车的人”

“害怕什么的人和不害怕的人”

---

① 存在于平安时代至江户时代期间，担当行政事务的武士官名。——译者注

② 日本江户时代隶属于诸奉行、所司代、城代、大番头、书院番头等部下，在与力之下负责庶务、警察等事务的下级公务员。——译者注

③ 日本漫画《火影忍者》及其衍生作品中的群体，特指那些因为犯罪、反叛、迷茫、私人利益、堕落等各种复杂原因，而选择离开、否定自身原属忍者村的忍者。——译者注

好的。这位同学辛苦了。正好列出了100个呢。

那么，让我们照旧分门别类地看一下吧。

能力

在本次列出来的内容中，最多的是像名医和庸医、资深律师和新手律师一样，将熟练运用某项技能的人和不熟练的人组合起来的方法。无论是谁，面对能力比自己强的对手，都会产生自卑感和嫉妒心，所以能力上的差异能够成为双方对立和纠结的充分理由。

能力上的差距，可以通过对象技能的设定，形成无数种搭配组合。同时，也请大家记住，除了重视该技能的场合外，也有可能发生力量关系逆转的情况。

举个例子来说，当我们考虑采用资深律师和新手律师组合时，法庭上自然是资深律师具有绝对压倒性的优势。但是，如果在律师对抗篮球大赛（假设有这样的情况）上，原篮球部的新手律师可能就会瞧不上运动白痴的资深律师而大显身手了。

像这样，不让处于优势的人保持优势，也给弱势方设定一些优势，就能让故事变得更加有趣。

权力

第二多的是类似“上司和部下”“主人和奴隶”这种A比B拥有更多权力的模式。能力不过是单纯技能上的差异，而权力的不同点在于权力拥有者A能对B行使某种权力。其中既有像总经理和员工、军队中的军官和部下一样，因职位差异决定权力的情况；也有像国王与平民、封建社会中的男女一样，因与生俱来的身份和时代的社会环境造成的权力差异。

即便在现代，也存在像雇主和职员、面试官和求职者那样，当一方对另一方持有某种权限时，自然就会产生上下级的关系。

权威

与“权力”非常相似的还有“权威”。这两个词在意思上存在很多重叠之处，很多时候还被用在相近的场合中。在此让我们来专门关注一下两者的区别。

权力是支配对方的力量。权威是让对方产生尊敬或服从等念头的力量。

封建君主或许能够统治自己的臣民，但每位臣民未必尊敬自己的君主。

另一方面，就像人们会指着茶道大师和数学学者说他们是“某方面的权威”一样，如果很多人都同意“那个人很优秀”，那么那个人就是有权威的。

当然，身为掌权人的君主也兼具权威，被称为“××流派权威”的掌门人有时还会对弟子们行使权力。但如果能明确区分权力和权威，那么在写搭档故事时，就可以这样来使两人间的关系自由变化——“主人公与自己尊敬的上司（=兼具权力和权威）一起出差，却在途中目睹了上司的无耻行为，彻底厌弃了上司（=上司的权威扫地）。不服从上司命令，却还是得不情愿地替对方处理善后……”

对类似权力和权威等其他细微差别保持敏感，会成为大家写作时的一大优势。

捕食关系

像猫和老鼠、吸血鬼和普通人那样捕食方和被捕食方的组合，无论如何都会增加故事的紧张程度。用这样的组合来写搭档故事时，如何将放任不管应该吃掉的对象/应该被吃掉的对象变成不吃或不被吃的布局很重要。

初学者容易犯的错误是，会把两人迅速变成恋爱关系，或将捕食者的性格温柔化，但这样一来故事就一点也不有趣了。

好不容易选择了有紧张感的配对组合。明明猫很想吃老鼠，而老鼠也很想逃，可怎么也吃不到/怎么也逃不了，为了把这一矛盾至少坚持到故事的中段部分，我们需要开动脑筋。

弱点和内疚

日语有云“先爱上的人处下风”，我们面对抓住自己弱点的对手，总是无法强势起来。

相对简单点的弱点，除了前面提到的恋爱关系之外，还有掌握秘密的人和被知道秘密的人之间的关系。如果能把凶杀案件的嫌疑人和目击者组合在一起，或者就算没到杀人这么严重，只是将知道他人有外遇、有犯罪前科的人和这些经历的当事人组合在一起，也能像前面的捕食关系一样，营造出高度的紧张氛围。

除此以外，还有其他很多场景，如对待收养自己的养父母强硬不起来，或者对自己的救命恩人感到愧疚等。请大家根据个人的情况来思考吧。

自卑感

还有一个不能忘记的心理上的弱点就是自卑感。

在日本，这个词和“劣等感”的意思差不多，但实际上要更复杂一些。因为是自卑感（复合体），所以不能单纯地以能力的高低或外表的好坏来衡量。证据就是，体型比普通人微胖的A，一有机会就会对身材苗条的后辈B找碴儿或冷嘲热讽，但却对同样苗条的同事C正常对待，这样的例子不胜枚举。

如果无论愿意与否，处于该种关系中的A和B都要一起行动，那么随着故事的推进，压抑在A心中的各种想法就会逐渐凸显……这样设置情节的话，就能写成搭档故事，而且还能拍出惊险刺激的心理剧呢。

持有者和非持有者

“在深海进行某项调查时发生了事故。搭档的氧气瓶破损，氧气外漏。主人公的氧气残余量只能保证一个人游出海面，不足以拯救两个人。”……光是看这样的情节设定，就让人有些提心吊胆了吧。

让持有者和非持有者的这种搭配变得有趣的诀窍在于，要将只有其中一方拥有的东西尽可能设置成具体的或在故事中具有决定性意义的东西。开头的那个例子也是如此。在地面上，有没有氧气并不会对双方的立场产生任何影响，可在深海或宇宙中，这种差别就可能导致死亡。

在大家列出的项目中，虽然这种情况的数量最少，但实际上却是相当好用的优秀组合。请大家一定要努力想出一些独创的“东西”。

接下来，我想继续下一个实战演练。这次请大家思考双方价值观对立的组合。大家都准备好了吗？预备，开始！

【实战演练7（2）】

请写出100对主人公和副主人公之间价值观对立的组合。

——大家都写好了吗？

100对双方价值观对立的组合

“女人一旦结了婚，就应该待在家里/女人就算结了婚，也可以继续工作”

“胖女人很丑/女人还是稍微丰满点好”

“孩子应该顺从父母/如果父母错了，就算是孩子也应该予以纠正”

“民主主义/独裁主义”

“赞成死刑派/反对死刑派”

“应废除核电/应维持核电”

“赞成宠物安乐死/反对宠物安乐死”

“赞成人类尊严死/反对人类尊严死”

“家庭比工作更重要/工作应优先于家庭”

“夫家比娘家更重要/娘家比夫家更重要”

“不管什么理由，杀人都是不对的/如果有正当理由，杀人也可以接受”

“应该顾全大局/不可忽略细节”

“人看外表/人重内在”

“激进派/稳健派”

“合作路线/对抗路线”

“寻求和平/寻求彻底抗战”

“学习好才好/有比学习更重要的事”

“这个世界金钱主宰一切/这个世界还有金钱买不到的东西”

“爱情也可以用钱买到/金钱买不到爱情”

“设置障碍/大家一起帮忙”

“终身雇用制度/实力主义”

“吸血鬼没有人权/吸血鬼也有人权”

“机器人没有人权/机器人也有人权”

“河童可以参加奥运会/河童参加奥运会是可耻的”

“人活着必须要有爱/比起爱，更需要金钱和食物”

“说了就能明白/说了也没用”

“西方主义/东方主义”

“遵守法律是对的/遵从自己的良心是对的”

“狗派/猫派”

“论资排辈主义/成果主义”

“不能因小失大/任何时候都不能轻视

小事”

“欺负人的淘气孩子不好/被欺负的人也有责任”

“父母不好/社会不好”

“孩子应听从父母/老了应听从孩子”

“才能的差异可以通过努力来弥补/天生素质如此，人力无能为力”

“不管用什么手段，只要能赢就好/与其用卑鄙的手段，还不如输”

“成功就能得到爱/美丽就能得到爱”

“推选A为总统候选人的人/推选B为总统候选人的人”

“尊敬老人/老人要懂得分寸”

“喜欢爸爸/喜欢妈妈”

“我爸妈还是离婚的好/我希望爸妈在一起”

“讨厌爸爸的再婚对象/和他的前妻之子不投缘”

“健康御宅[①]/B级美食御宅”

“文科/理科”

“文科/运动员”

“文官/武官”

“中央集权/地方分权”

“重视结果的人/重视过程的人”

“优先做想做的事/优先做该做的事”

“力量胜过一切/技能胜过一切”

“从正面堂堂正正地走/从后门偷偷地溜走”

“战争也有礼节/战争允许任何手段”

“在大义面前个人想法毫无意义/没有忽略人的大义”

“啃老族肯定派/啃老族否定派”

“相信超自然的人/不相信超自然的人”

“御宅/现充[②]”

“基督教徒/佛教徒”

“有宗教信仰/无宗教信仰”

“母性/父性”

“认真负责的人/敷衍了事的人”

---

① 所谓御宅，广义上讲是指热衷于各种亚文化，并对该文化有极度深入了解的人；狭义上是指沉溺、热衷或博精于动画、漫画以及电子游戏的人。——译者注

② 主要是指在现实世界中生活得充实的人们，全称是“现实生活很充实的人生赢家”。属于日本年轻人所用的网络语言，意思是现实生活很充实。——译者注

“逻辑性强的人/感情用事的人”
“女性化的人/男性化的人”
“一丝不苟的人/粗心马虎的人”
“兄控/妹控”
“喜欢春天的人/喜欢秋天的人”
“纠纷通过武力解决/纠纷通过协商解决”
“喜欢拳击的人/讨厌拳击的人”
“见异思迁的人/感情专一的人”
“素食主义者/不挑食的人”
“巨人队的粉丝/阪神队的粉丝”
“被迫害妄想症的人/加害妄想症的人”
“性虐待狂者/性受虐狂者”
“喜欢赌博的人/讨厌赌博的人”
“赞成小学生接受英语教育的人/反对小学生接受英语教育的人”
“爱吸烟的人/讨厌吸烟的人”
“讨厌男人/喜欢男人”
“乐观的人/悲观的人”
“享乐的人/禁欲的人”
“性急的人/悠闲的人”
“人生就是修行/人生只有一次，不开心就亏了”
“看见人就觉得是小偷/世上没有鬼”
“想要豪华的婚宴/想要低廉又满意的婚宴”
“烤鸡肉串用盐系/烤鸡肉串用调料汁系”
“厕所是西式的/厕所是日式的”
“国王派/红衣主教派”
“日本酒派/威士忌派”
“被打了就还手/被打了右脸，还把左脸伸出去”
“跌倒的孩子抱起来/等他自己站起来”
“跌倒的孩子抱起来/弃之不顾先往前走”
“诚实地说出自己错误的人/不说话搪塞过去的人”
“用手机记笔记的人/拘泥于使用纸质笔记本的人”
“喜欢电子书的人/喜欢纸质书的人”
“好好吃早餐的人/早上只喝咖啡的人”

“崇日的美国人/崇美的日本人”

“华丽的人/朴素的人”

“花钱大手大脚的人/踏踏实实存钱的人”

“暴食症/厌食症”

“喜欢关西风味的杂煮[1]/喜欢关东风味的杂煮”

“自由至上主义/功利主义”

“主观的人/客观的人”

① 即年糕汤，用年糕和肉、菜合煮的一种食品。——译者注

那么，让我们来看看同学们的回答吧。

好的，这位同学辛苦了。总算列出了100对。这次大家都费了九牛二虎之力。

本来，我想按不同类别进行分类的，但这次列举的内容中混有很多价值观以外的项目，所以我们先从整理开始吧。

主义、思想、信仰

在这次列出来的内容中，占比相当高的是诸如“民主主义/独裁”之类（被认为是）对立的思想或者主义组合。

作为设定绝对不坏，但当与对立双方的性格结合起来考虑时，还是稍微通俗易懂点会比较好。

在考虑诸如“民主主义者的主人公和独裁主义者的副主人公的对立”时，很难知道两人是如何对立的。

如果是“认为应该‘听取大家的意见，以多数票来决定’的主人公和认为‘只要最能干的那个人一个人决定就好’的副主人公的对立”，那就相当具体了。另外，如果能深入到“认为‘其实是对自己的想法没自信，所以想听听大家的意见才放心’的主人公和认为‘其实别人的意见无所谓。因为自己怎么想才最重要’的副主人公的对立”，那么两个人在价值观上的差异就很明确了。

喜欢 vs 讨厌与赞成 vs 反对

诸如“喜欢吸烟的人/讨厌吸烟的人”“赞成死刑/反对死刑”之类的喜欢vs讨厌、赞成vs反对的组合也出现得很多。或者围绕某项事物时，一个人说喜欢（或赞成），另一个说讨厌（或反对），这样形成对立就很简单。

不过，如果只是“喜欢香烟的A和讨厌香烟的B之间的对立”，是看不出具体情节的。香烟对于A和B来说，分别有什么意义呢？在初学写作阶段，尤其要有意识地养成刨根问底的习惯。

如果A的想法是“一闻到烟味，就会想起自己的父亲。父亲很适合抽细卷雪茄，是个非常讲究的人。现在自己长大了，也想成为父亲那样游刃有余的男人”，而B的想法是“一闻到烟味，就会想起自己的父亲。在因赌博而身败名裂的父亲身上，总是散发着浓烈的烟酒臭。即便自己长大了，也绝不要成为那样的男人”，那么他们两人在价值观上的差异就相当具体了。

就像这个例子中提到的香烟一样，人们喜欢或讨厌眼中的某物时，背后往往存在某些特定的印象和意义。“赞成××/反对××”的情况也是如此。当角色人物喜欢或讨厌××时，找出××的意义何在，人物对××持什么印象等内涵才是获取人物价值观的关键所在。所以请大家务必深入挖掘，仔细思考。

性格

也有人列出了相反的性格，如“认真负责的人/敷衍了事的人”“逻辑性强的人/感情用事的人”。乍一看，这些组合似乎很容易造成对立，但如果只是单纯的“认真”或“情绪化”还是过于笼统，很难让人想象出对立的画面。

认真负责的人是怎么个认真法，敷衍了事的人又是怎么个马虎法，让我们先来看一下具体的例子。

假设我们考虑设置“无论何时都要保持自己的房间干净整

洁，否则就不安心的A”和“自己房间杂乱无章反而能沉下心的B”。“整理好的房间”和“杂乱无章的房间”都是肉眼能看到的。“整理好的房间”对于A来说象征着什么呢？或者如果A的房间很乱，对于A而言又意味着什么呢？

如果A的想法是“自己必须时刻严于律己。如果周围变得邋遢不堪，自己也会堕落。住在邋遢房间里的人，是品行败坏的人”，而B的想法是“作为男人，就必须要有大格局。拘泥于细节是气量狭小的证明。整理房间这类小事，怎能件件放在心上呢？”，那么这两个人的价值观和性格差异就会更加明显地表现出来了。

派系

“狗派/猫派”“国王派/红衣主教派”的派系组合也很多。

所谓“狗派/猫派”，是“喜欢狗/喜欢猫”的意思吧。因为两个人说的都是自己喜欢的不同物品，所以这样下去并不会形成对立。为了形成对立的格局，我们必须在设定“喜欢狗（但讨厌猫）

的A/喜欢猫（但讨厌狗）的B”这样彼此讨厌对方喜欢的动物的基础上，进行更深层次的挖掘。比如，对于A来说，狗是何种象征，猫又意味着什么；对于B而言，猫是何种象征，狗又具备什么样的形象，所以遭人讨厌等。

所谓“国王派/红衣主教派”，就是“赞成国王/赞成红衣主教”的意思吧。我们也要在“赞成国王（但反对红衣主教）/赞成红衣主教（但反对国王）”的基础上，明确赞成国王的哪些方面，反对红衣主教的哪些方面后，再着手情节的推进。

关于“狗派/猫派”“国王派/红衣主教派”的具体挖掘方法，请参考前面提到的喜欢 vs 讨厌/赞成 vs 反对章节。

顺便提一句，假设在派系关系中，A站在国王一边对自己有利，站在红衣主教一边对自己不利。而另一方的B支持红衣主教对自己有利，支持国王对自己不利。如果是这种利害关系引发的对立，那么当利害关系不复存在时，对立的理由就会消失。所以，除了利害关系以外，最好能再设定一个彼此在价值观上的对立。

类别及其他

像“文科/理科”“御宅/现充”这样的组合，仅是这点信息是不清楚对立内容的。如果是“持文科思维方式的人/持理科思维方式的人”，那就是性格问题；如果是“读文科大学的人/读理科大学的人”，那就需要进一步挖掘这样的结果会导致哪些方面的对立了。

“御宅/现充”也是如此。到底是“偏御宅的性格/偏现充的性格”，还是“御宅的生活模式/现充的生活模式”？等把文章完成后，再让大家来明确两者具体是怎么样的性格或怎么样的生活模式，这样的性格或生活模式造成了哪些方面的对立，在他们对立的背后又隐藏着怎样的价值观。

价值观

“胖女人很丑/女人还是稍微丰满点好”“不管用什么手段，只要能赢就好/与其用卑鄙的手段，还不如输”——像这样认真写文章阐述价值观的人也很多。确定了价值观之后，接下来只要从中推导出具体行动即可。

如果A的价值观是“胖女人很丑”，他会基于这种价值观采取什么样的行动呢？从这里开始就能够根据不同的设定，考虑各种各样的变化了。我们先来举几个例子吧。

认为“胖女人很丑”的A，在客观上看不出胖的情况下和客观上看也胖的情况下，行为模式是不同的。同样是A，当她还是个10多岁的女孩子时，和当她已经30多岁、急于结婚时，其行为也是不一样的。

或者，如果A本就是个男人的话，故事又会截然不同。

在决定搭档故事的主人公和副主人公时，我们可以思考几种类似这样的“价值观+设定”的组合。比起一开始就确定角色，这样的构思会更灵活，情节也会更有趣。

综上所述，我已经从大家列出来的内容中，分析了容易形成对立和纠结的组合配对。

当然，除了这里介绍的纠结对立素材之外，还有很多。请大家不要仅停留在本次实战演练上，多次反复思考一下哦。

编写搭档故事的情节梗概

那么，素材准备就绪，我们来尝试写写搭档故事吧。搭档故事的模板，正如本章开头说明的那样。

①主人公和副主人公相遇，一起行动。

②两人在反复对立和纠结的过程中。

③最终两人间形成了牢固的羁绊。

请以这个模板为基础，在思考下述四个方面的基础上编写情节梗概。

- 作品的标题
- 主人公和副主人公的力量关系或各自的价值观
- 两人是如何对立的?
- 两人是如何克服对立，形成羁绊的?

正在阅读本书的读者朋友们，也请在此暂时合上本书，挑战一下实战演练吧。

那么，预备，开始！

【实战演练8】

请用第109页的模板，编写搭档故事的情节梗概。

……怎么样？大家写好了吗？

那么，让我们来看看同学们的作品吧！

创作实例7

《尼克的馈赠》

①主人公和副主人公相遇，一起行动。

11月，在提早播放圣诞歌曲的街道上，摄影师天羽诚司遇到了倒在路边、扮成圣诞老人模样的男子。那男子自称二阶堂，对诚司说："我的家全烧了，我自己也已经三天没吃东西了，你能请我吃顿饭吗？"那时，街道上正发生着连环纵火案。

碰巧车站前在派发汉堡店免费券，诚司把免费券给了他，匆匆离去。遭遇火灾固然令人同情，但轻易向人讨要物品的性格令人生厌。诚司的座右铭是自力更生。如果人人都能自己照顾好自己，这个世界将会变得多么美好啊。

然而那天晚上，诚司家也遭到了纵火犯的袭击。诚司本人虽然平安无事，但房屋全被烧毁，电脑和照相机等器材也全部丢失。

这种时候，诚司没有可以依靠的家人和朋友，当然也没有恋人。独立不羁的精神用在这里完全适得其反了。

无奈之下，诚司只好去附近的公园过夜，上次扮作圣诞老人模样的二阶堂出现在了他的面前。

“可以的话，要不要去我家？”

“你不是也无家可归吗？”

“上次与你相遇后，我碰上了一个愿意把房子借给我住的好心人。”

诚司跟着二阶堂，来到了快要被拆除的破旧游戏厅。就这样，两个人开始了奇妙的同住生活。

②两人在不断对立和纠结的过程中。

住在这家游戏厅的人，并不只有诚司和二阶堂两位。还有离家出走的少女、被家人遗弃的老人、患有拒绝上班症的公司职员等好几位无处可去的可怜人。无论哪一位，都是好好先生二阶堂从外面带回来的。

诚司心想："这里真是失败者的聚集地啊。但我不一样，至少我自己一个人可以照顾自己。"

还有一件事让诚司着急。就是二阶堂不仅从外面带人回来，还主动插手那些人的纠纷。然后当他实在不知道如何是好的时候，就会找诚司商量："诚司先生，我遇上点麻烦事……"不知为何，诚司总是陷入帮二阶堂收拾烂摊子的尴尬局面，其结果就是帮助了那些被自己视为"失败者"的人们。

通过这样的助人为乐，诚司逐渐改变了自己对"失败者"及对自己生活方式的看法。

③最终两人之间形成了牢固的羁绊。

在诚司和二阶堂的努力下，一时间众人聚集的游戏厅里的住户逐渐减少。大家都解决了问题，回到了自己本该在的地方。在这一过程中，连环纵火案的真凶慢慢浮出水面。凶手其实就是游戏厅的房客之一，患有上班拒绝症的公司职员。

为了让公司职员主动自首，诚司和二阶堂想尽了办法。但这名公司职员自暴自弃，不仅害得二阶堂受伤，还放火烧了游戏厅。

那是圣诞夜的晚上。诚司冲入被熊熊大火包围的游戏厅，救出了被落下的二阶堂。被诚司背着的二阶堂说："诚司先生其实比我温柔多了。帮助这里所有人的，一直都是诚司先生。"

"别说傻话了。"诚司说，"要不是你想帮他们，我会一直装聋作哑的。"

说罢，诚司就失去了意识。燃烧着的柱子落在了两人身上。

等到诚司醒来时，发现自己正躺在医院的病床上。从医生的话中得知，那个公司职员已经被抓。另外，经以前资助过的老人介绍，诚司也找到了新的住处。不过奇怪的是，二阶堂却失踪了。据说，消防车抵达现场时，只找到倒在游戏厅外的诚司。

"废墟里没有尸体，说明那家伙还活着。"诚司这么说的时候，以前自己资助过的老人向他投来了意味深长的眼神。

“当然。我们一定还会见面的。毕竟他……”

说着，老人将目光投向窗外，街道上洋溢着圣诞节的气氛。

好的，非常感谢这位同学的分享。真是温暖人心的圣诞节故事啊。主人公的价值观写得通俗易懂。但是，作为搭档故事的主题作品，描写副主人公二阶堂性格的内容略显单薄。

这是因为主人公的价值观虽然写得非常明确，但二阶堂只写到了“他是个老好人”和“收容无家可归之人”这两点。

我想作者是想把二阶堂当作圣诞老人的化身来结尾吧……

“是的。”

如果要写成搭档故事，我觉得最好让二阶堂有相应的纠结和与诚司间的对抗，这样才能让描写人际关系的电视剧高潮迭起。

这样的情节设置，与其说是搭档故事，更像是诚司成长为真正男人的成长小说（成长故事）。这样的构思很有意思，所以如果有机会，请把内容写得更丰满一些吧。

让我们再来看看其他同学的作品吧。

创作实例8

“地下黑客”

①主人公和副主人公相遇，一起行动。

公元30××年。由于臭氧层的消失，人类只能生活在阻隔着有害阳光的防护穹顶屋里。

穹顶屋中的社会分为被叫作“UPPER”（上层）的统治阶层和被称为“UNDER”（底层）的劳动者阶层。

身为“UNDER”阶层的少年阿凯做的是防护穹顶屋天花板面板的管理工作。有一天他擅自更改了穹顶屋的程序。阿凯本打算对其进行修理，结果导致天花板面板的防护功能完全丧失。

由于受到有害阳光的直射，穹顶屋内不断有人死亡。眼看着事态严重，“UPPER”的阶层决定假释因犯叛国罪被判终身监禁的天才黑客哈撒韦，让他和阿凯一起修复面板。作为交换条件，他们许诺只要两人能修复面板，阿凯所犯的程序失控罪和哈撒韦的终身监禁都将一笔勾销。

②两人在不断对立和纠结的过程中。

一听是传说中的天才黑客，阿凯就很紧张，可出现在他面前的，却是个无药可救的中年酒鬼。阿凯的父亲一喝酒就对母亲和自己拳脚相加，所以阿凯一眼就讨厌上了哈撒韦。

说起那个哈撒韦，也不知道他是否有心修理防护穹顶屋，反正假释出狱后整日游手好闲，不是喝酒就是睡觉。

“这个家伙靠不住。”

早早就对哈撒韦绝望的阿凯，想自己一个人修理面板，但他的所有尝试都以失败告终。但是，就在“UPPER”层给出的期限即将结束时，哈撒韦制作的程序恢复了防护穹顶屋的功能。阿凯虽然厌恶哈撒韦，但也不得不被他的精湛技艺所折服。

随后，阿凯和哈撒韦就被闯进来的“UPPER”阶层的警卫员送进了监狱。因为阿凯犯了让天花板面板失灵的罪，而哈撒韦也因之前的终身监禁继续服刑。

“我们被骗了！”对着押解车中懊悔不迭的阿凯，哈撒韦颇有深意地笑道：“还差得远呢！”说完下一秒，天花板的面板各处爆炸频发，阳光从突然炸开的窟窿中直射而下。

③最终两人之间建立起了牢固的羁绊。

在阳光的照射下，穹顶屋里的居民纷纷倒下。穹顶屋内一片混乱，阿凯和哈撒韦趁机从押解车上逃跑。

“你到底动了什么手脚！”阿凯愤怒不已。

“看看你的周围”，哈撒韦冷静地回答道。为什么路上死的只有“UPPER”层的人。所谓的臭氧层消失，其实是“UPPER”层的蓄意捏造。

“UPPER”的真实身份，是不耐阳光直射的外星人。他们为了在地球上秘密增加同伴，保证自己安全生活的同时，支配一无所知的地球人，才建起了防护穹顶屋。

阿凯和哈撒韦为了让生活在其他防护穹顶屋中的居民摆脱“UPPER”的控制，让防护穹顶屋之间的网络感染上了电脑病毒，使穹顶屋接二连三地瘫痪。

好的，非常感谢这位同学的分享。这个故事与之前的作品完全不同，是部科幻小说。既有防护穹顶屋的解谜，情节也非常有趣。

但是，从本次课题搭档故事的要素来看，**创作实例8** 与前面的 **创作实例7** 一样，完全没有写到副主人公哈撒韦的纠结。我觉得这两人会不会在②的开头因为喝酒而产生矛盾呢……？

“是的。我马上就想到，阿凯会在哈撒韦身上找到自己父亲的影子，并产生厌恶情绪。但我想不出一个插曲来告诉读者，哈撒韦是怎么看待阿凯的……”

是啊。如果要写因喝酒引发的冲突，还需要一个酒作为小道具出场的小插曲。但是，读了这个情节后，感觉这两个人除了酒之外，似乎还存在其他的对立价值观。

“哦？是吗？我自己写的时候，倒是一点也没察觉到呢。”

比如，②中对立纠结部分出现的小插曲。即阿凯努力想靠自己的力量修好防护穹顶，而哈撒韦却游手好闲，只知道喝酒的部分。不过，若说什么都不做的话，怎么会在最后关头轻易修好了防护穹顶屋呢？

哈撒韦为什么要这样做呢？如果他有心要修，应该一开始修就好了。可为什么不那样做呢？

“那是因为……我觉得这样写他才更像个天才，感觉更帅……”

是啊。那是身为作者的你的想法。还是说，哈撒韦这个男人有自恋倾向？

“没有。”

若是如此，就必须要给哈撒韦找一个为什么这样做的理由。就像我刚才说的，哈撒韦很自恋也可以。就算是特别喜欢“能干的自己”、总喜欢这样表演的哈撒韦和相信“老土也罢什么也罢，努力总有回报”的阿凯这样的组合，也能制造对立。这样一来，如果哈撒韦没什么能力，阿凯就还有胜算，但偏偏哈撒韦是个天才黑客。正如他嘲笑阿凯的努力一般，迅速修复了防护穹顶屋。看着这样一个哈撒韦，阿凯对他的厌恶与日俱增……如果这样设置剧情，就能让防护穹顶屋的崩塌和外星人事件更添深度。

综上所述，虽然篇幅有点长，搭档故事的情节都讲完了。

接下来我将为大家介绍最后一个模板，也是娱乐故事的速成模板——成功故事。

模板 5

成功故事

成功故事和“梦想”

不言而喻，所谓“Success”，就是成功的意思。

意志消沉的主人公在别人的帮助下不断进步。主人公在故事中段以后实力明显增强，最终获得了令人刮目相看的成功——成功故事均以大家可以放心的经典喜剧结尾，这样的故事也被称为“灰姑娘故事”。

所以，让我们赶紧来看一下成功故事的模板吧。

模板5

①有一天，主人公邂逅梦想。

②主人公朝着梦想迈进。

③主人公在得到援助、克服困难的过程中不断进步。

④主人公获得了超乎当初想象的成功。

童话故事《灰姑娘》最是切题无疑，除此以外还有类似《简·爱》那样的古典名著、杰弗里·阿切尔的作品《凯恩与阿贝尔》的前半部、电影《风月俏佳人》《当幸福来敲门》、音乐剧《安妮》等，真是不胜枚举。

大部分成功故事都是从主人公意识到自己的愿望或梦想开始的。我想去参加城堡的舞会。我想从坏心肠的养母身边逃离。我想重回职场……无论哪个都是愿望或梦想吧。

所以，让我们赶紧来参加实战演练吧。请大家准备一张大点的纸。用惯电脑的朋友，可以打开电脑。

如果大家准备好了，请把你渴望实现的梦想和愿望从头写下来吧。最少50个，可以的话，希望能写100个。

100个梦想&愿望

“和亿万富翁结婚”

“成为亿万富翁的养子”

“成为事业成功的亿万富翁”

“成为美国总统”

“成为一国之王”

“和王室结婚”

“与高富帅结婚”

“住豪宅”

“成为女大明星”

“成为娱乐圈中的顶尖明星”

“成为歌手”

“成为演员”

“成为电影演员并获得奥斯卡金像奖”

“成为作家并获得直木奖”

“成为职业棋手并在名人战[①]中胜出”

“在F1大奖赛中夺冠”

“能在空中飞”

“成为隐形人”

“具有ESP超能[②]”

“成为魔法师”

“创造径赛世界新纪录”

“在奥运会中夺冠”

“成为横纲[③]”

“成为某种祖传技艺的掌门人”

“成为大企业的总经理”

“完成新发明”

“发现新的星星”

“发现新大陆”

“发现新技术”

“中了万马券[④]”

“成为宇航员”

“成为J联盟选手”

“成为一流职业运动联盟成员”

“和100只小金毛巡回猎犬一起玩”

① 名人战是日本七大围棋赛（棋圣战、名人战、本因坊战、天元战、王座战、碁圣战、十段战）之一，日本第二大棋战，由朝日新闻社、日本棋院、关西棋院于1976年创办，冠军奖金3300万日元。——译者注

② 超直觉能力。——译者注

③ 相扑最高级别。——译者注

④ 赌马时红利一万日元以上的赛马彩票。——译者注

“在满是果冻的25米泳池中游泳”

“设立后宫”

“在拉斯维加斯的赌场中赌赢100万美元”

“在拉斯维加斯的赌场一个晚上花光100万美元”

“运动万能”

“减肥成功”

“成为木匠的师傅”

“成为设计师”

“拥有自己的店铺”

“中了6亿日元的彩票”

“乘坐豪华游轮周游世界”

“住在火星上”

“去月球，在月球表面看地球升起”

“乘坐潜水艇去深海”

“去地下王国”

“制作完成时光机”

“乘坐时光机去到过去”

“乘坐时光机去向未来”

“制作完成飞碟”

“在机器人大赛中获胜”

“在人鸟大赛中获胜”

“和彗星一起飞向天空”

“喂养自己的马”

“拥有真正的精灵宝可梦”

“得到梦幻之酒”

“发现野槌蛇①”

“发现植物新品种”

“发现新品种蝴蝶”

“和班上最美的美少女/最帅的帅哥交往”

“成为超级模特”

“在百老汇的试镜中当选主角”

“（一家人离散后）重新和家人一同生活”

“（破产后）重新回到普通人的生活”

“成为莱昂纳多·达·芬奇的徒弟”

“在巴厘岛生活”

“发明第九代计算机”

“在维也纳国立剧院演奏”

① 又名土龙，地灵虫，是日本传说中的生物。长得像蛇但是肚子圆圆的生物，像一条蛇被人从头尾往中间挤过一样，被称为土之子，长30～50cm。会弹跳，有剧毒。速度非常快。——译者注

“跑完檀香山马拉松全程”

“登上珠穆朗玛峰”

“找到南极极点”

“找到未发现的遗迹”

“发掘未发现的化石”

“找到法老的秘藏宝物”

“成为北斗神拳的传承者”

“证明难解定理”

“成为世界拳击冠军”

“失去双腿的赛跑者又能跑了”

“返老还童”

“向让自己吃尽苦头的家伙复仇”

“战胜曾经打败过自己的对手，一雪前耻”

“在无人的荒野铺设轨道”

“发明感冒特效药”

“发明癌症特效药”

“用铲子吃满桶的布丁”

“参观所有的世界遗产”

“读遍古今中外的书籍”

“得到所罗门王的指环”

“成为海贼王”

“（贫穷国家的人）去学校读书”

“（明治时代的日本人）去德国留学”

“（得了顽疾的孩子）活到成年”

“成为虫博士”

“在武道馆开演唱会”

“住在梦想之家”

正在阅读本书的读者朋友们，也请在此稍作停歇，试着在纸上或电脑里动动手吧。大家都准备好了吗？预备，开始！

【实战演练9】

请把你渴望实现的梦想和愿望都写下来，一共写100个。

——大家都写好了吗？

那么，让我们来看看同学们写下的清单吧。

好的，这位同学辛苦了。正好列出了100项。那么，这次我们也来试着分类整理一下吧。

成为××

在列举的内容中，最多的是“成为宇航员”“成为J联盟选手”等“成为××”类的梦想。如果你想从事的是“J联盟选手”或“演员”等现实中存在的职业，那么具体怎么做才能从事该职业，怎么做才能在行业中取得成功的采访必不可少。如果能采访到活跃于该行业的精英自然再好不过，但如果采访很困难，至少得读一读被誉为业界第一人的人物传记、采访报道或相关文献吧。

就算你想从事的是类似“魔法师”这样虚构的职业，也必须明确从事这个职业需要什么样的素质技能，按照什么样的步骤走等。因为成功故事中最值得一看的地方，就是主人公不断提升的过程。这对于任何梦想来说都是一样的。请大家牢记。

发明、发现

“发明感冒特效药”“发现新品种蝴蝶”等发明、发现类的梦想也列举得相当多。创造出至今谁也不曾见过的物品，寻找的过程充满了让读者心潮澎湃的戏剧性。即使是X光机、特洛伊遗迹等早已发明或被发现的东西，只要把舞台移回到过去那个时代，也完全可以写成历史小说或幻想小说。这与前面提到的“成为××”类的梦想一样，采访需要耗费时间，但这也是非常值得写的领域。

冠军、新纪录、盛大场面

“在F1大奖赛上夺冠”“创造径赛世界新纪录”等，都是非常具体、容易想象的梦想。就算没有夺冠，只要像“在武道馆开演唱会”“跑完檀香山马拉松全程”那样，设定目标的盛大场面，就容易把主人公走到这步的过程和应该解决的课题都写出来吧。关键在于要把主人公的对手和应该解决的课题一点点地升级。和之后出现的复仇故事相同，它也很适合用在运动题材的故事中。

巨额财富

“和亿万富翁结婚”“在拉斯维加斯的赌场赌赢100万美元”……无论哪个时代，巨额财富都是对很多人而言极具吸引力的梦想。如果将此设为主人公的梦想，那么明确如何与亿万富翁结婚，如何在赌场赢取100万美元的过程，以及获取巨额财富后想做什么等内容就十分重要。金钱不过是实现某种目的的手段而已。就算获取金钱本身就是目的，主人公也应该会对金钱抱有某种印象。主人公在拥有巨额财富的背后有着什么样的梦想呢？请按照你自己的想法好好整理一下。

寻回缺失

即便是“想和家人一起生活”“想去德国留学”等生活在现代日本就比较容易实现的梦想，一旦主人公的环境发生改变，就会变成困难的梦想。把这样的梦想设为主人公的目标时，不仅要明确之前的过程，还要将主人公的初始情况，即在当时的环境下缺什么，为什么会缺，为什么难以满足等情节细致地描绘出来，这点非常重要。开局越悲惨，高潮来临时主人公得以满足的梦想就越灿烂。请大家务必开动脑筋，想出较为严苛的初始情节。

复仇故事

“战胜曾打败过自己的对手一雪前耻”“向让自己吃尽苦头的家伙复仇”等复仇故事，是成功故事的一种变形。除了大仲马的名作《基督山伯爵》之外，还有乱步奖作家赤井三寻的《月亮与欺诈师》、令“加倍奉还！”成为流行语的电视连续剧《半泽直树》、电影《颠倒乾坤》等充满魅力的古今作品，举不胜举。“战胜曾打败过自己的对手（敌人）一雪前耻”这样的情节，与“运动题材”或“信用诈骗”（con game）等十分搭配，所以请大家务必掌握并使用哦。

简单的梦想、素材性的梦想

“用铲子吃满桶的布丁”“在满是果冻的25米泳池中游泳”……这类梦想的构思虽然非常有趣，但要用它写成功故事还是略显牵强的。因为在实现梦想的过程中，很难把主人公的进步穿插其中。虽然有些啰唆，但成功故事是主人公享受进步过程的故事。如果把“满桶的布丁”作为主人公的目标，那么搭配上寻回缺失感的情节可能会好写些，比如在布丁非常稀缺的国家或时代，贫穷的主人公无论如何都想吃布丁→为了这个目标付出努力、不断进步之类。

综上所述，我们已经从大家列出来的想法中，把可以用在成功故事中的梦想进行了归类整理。

当然，除了这些以外，还有很多可以成为主人公梦想和愿望的素材。请大家继续想出适合自己的美好梦想和愿望。

编写成功故事的情节梗概

那么，让我们用上这些梦想，动笔写一写成功故事的情节梗概吧。成功故事的模板具体如下。

①有一天，主人公邂逅梦想。

②主人公朝着梦想迈进。

③主人公在获得援助、克服困难的过程中不断进步。

④主人公获得了超乎当初想象的成功。

让我们从①开始依次往下看吧。

有一天，主人公邂逅了自己想要实现的梦想。故事一开始，就让主人公拥有成为考古学家或者与亿万富翁结婚的梦想也是可以的，不过这样的话，就无法让读者了解主人公为什么会有这样梦想的缘由了。

与其在故事开头就突然让读者看到一个为了成为考古学家努

力学习的主人公，还不如写小时候被最爱的爸爸（职业是考古学家）带去埃及遗址。那时候，爸爸告诉我谁也没有成功发掘过年轻法老的墓穴。明明说好等我长大后一起去找的，可爸爸年纪轻轻就去世了……像这样往事的堆积，会更容易让读者对主人公产生情感代入。

当然，这样的小插曲也可以以回忆场景的形式插入。只是我希望大家能尽量养成按照时间顺序写作的习惯，特别是初学者。因为这样的情节设置，读者更容易理解，也方便阅读。

在②中，主人公终于开始朝着梦想迈进。这里有个小技巧，我给大家介绍一下。那就是最初的机会要让援助者[1]来提供。以刚才提到的考古学家为例，如果能设置主人公就读大学里的教授邀请他参加挖掘的情节——“这次我们要去埃及挖掘遗址，你要不要一起去？”，那么故事开头就能有序地推进了。

用这种模式来写的好处之一，是通过揭示在众多人中主人公

---

① 援助者：援助主人公的角色。希望详细了解的，请参照《故事创作入门7堂课》中的第6课。——译者注

被选中的理由，可以让读者迅速了解主人公的特长和性格。以考古学家的例子来说，可以这样写：教授班上还有很多其他学生，但只有主人公识得象形文字，或者教授是主人公已故父亲的好友，自主人公小时候起就对他疼爱有加。

用这种模式写还有一个好处。就是以援助者向主人公说明的形式，可以将通往终点的过程自然地、通俗易懂地传递给读者。《指环王》一开篇，甘道夫不是恳切细致地向佛罗多解释了魔戒的由来和应该怎么做嘛。以考古学家的例子来说，通过教授向身为学生的主人公讲解到了当地后如何推进挖掘工作，可能会遇到什么样的困难，就可以向读者说明通往终点的过程了。

明确了通往终点的路线后，就可以进入③技能提升部分了。在成功故事中，这部分内容会占去故事的大半篇幅。

大家还记得在灾难故事那章中讲过的异变升级吗？

在灾难故事中，困难会不断升级。而在成功故事中，这部分内容则是在提升主人公的能力。从大商店的学徒开始，一步步做到伙计、掌柜，能做的事情也随之增加，就是从练习赛到地区预选，再到县级比赛，最后进入决赛的模式。在考古学家的例子中，就是起初不过是教授的助手，后来在当地崭露头角，不久被任命为发掘现场的负责人，类似这种感觉吧。

需要提升的不仅是主人公的能力。随着主人公能力的提高，应该解决的课题的难度也会升级。在做助手时，工作最多只是解决宾馆内的纠纷；一旦成为现场负责人，工作就会变得越来越艰巨，要与当地人交涉，甚至还要和政府官员协调沟通。每解决一项艰巨的任务，主人公都会赚取经验值，不断提升。——就是这样的脉络不断积累的过程。

在④中，主人公终于实现了自己的梦想。在大部分成功故事中，此时会带来比①阶段想象中更大的幸福感。童话故事中的灰姑娘，最初只是单纯地想去参加城堡舞会，可最终却与王子结了婚；期望有一天自己的亲生父母会来接她的安妮（音乐剧《安妮》中的主人公）却有了一个亿万富翁的爸爸。

——大家觉得怎么样？大致脉络都已经掌握了吗？

那么，我们终于可以用这个模板来写成功故事的情节梗概了。

- ◆ 作品的标题
- ◆ 主人公的梦想是什么?
- ◆ 主人公朝着梦想迈进的契机是什么?
- ◆ 主人公为了实现梦想，是如何克服困难，如何提升能力的?
- ◆ 主人公最终获得了什么?

请大家在思考上述五点内容的基础上尝试写情节梗概。

正在阅读本书的读者朋友们，也请在此暂时合上本书，尝试参加实战演练吧。

大家准备好了吗?预备，开始!

【实战演练10】

请按照前面的模板，编写成功故事的情节梗概。

……怎么样？大家都写好了吗？

那么，让我们来看看同学们的作品吧。

创作实例9

“女子跑酷”

①有一天，主人公邂逅了梦想。

泉是某滞销活动的服务人员。虽然她的长相还算过得去，但骨架大、肌肉发达的身型在女性看来仍是一大烦恼。泉可选的工作余地不大，那天她为了赚点打工钱，来到了不太靠谱的深夜节目拍摄现场。工作内容是穿上暴露的泳衣，从水上滑梯滑下来。从水上滑梯滑下来时要坐橡皮小船，由于工作人员的失误，橡皮小船准备得不够，轮到泉的时候小船用完了，AD要求她乘坐临时准备的气垫滑下来。泉没办法只能照做，可本就不是用来滑滑梯的气垫在急转弯时突然爆裂。只穿了一件泳衣的泉，被直接甩出了滑梯。

就在大家以为要出大事故的瞬间，泉迅速转换成了安全姿势，总算没有酿成大祸。这得归功于小时候祖父对她严格的合气道[①]训练。

拍摄结束后，AD斥责了泉，还把自己的失败推到泉的身上。有位白人男子从旁阻止了AD。他金发碧眼，说一口流利的日语，自称安德烈。他建议泉说："你要不要试试跑酷？"

②**主人公朝着梦想迈进。**

"跑酷"，又名"自由飞跃"，是一种结合跑、跳、爬等动作，高效抵达目的地的运动项目。就算听了安德烈的说明，泉仍是一头雾水。于是安德烈对着疑惑不解的泉说："今晚9点，来滨松町这里"，还拿出手机上的地图给她看。

泉半信半疑地出了门，眼前看到的是轻松跨越栅栏和汽车、爬上大楼墙面、一边表演着华丽的跳跃和空翻，一边穿梭于夜晚街道上的年轻人。

"我也想变成他们那样！"

---

① 合气道是一种利用攻击者动能、操控能量、偏向于技巧性控制的防御反击性武术。——译者注

瞧了一眼就被跑酷深深吸引的泉，下定决心要开始这项运动。

③主人公在获得援助、克服困难的过程中不断进步。

与华丽的表演相反，跑酷的训练非常枯燥。增强耐力的长跑、增加肌肉力量的仰卧起坐、俯卧撑、深蹲等，每天都要完成安德烈的训练计划。

虽然泉会因为训练而叫苦不迭，但有时也会在自己出演的广告中被导演相中："你的身材不错"，还被邀请去连续剧中客串。

从此，泉开启了女演员的生涯。从客串到配角，再从配角变成连续剧中的正式演员，最终成为实力派演员在电影中担任主角。

④主人公获得了超乎当初想象的成功。

5年后，泉身处好莱坞。与布拉德·皮特共同出演的电影获得了奥斯卡提名，今晚会公布获奖名单。

但是泉却觉得自己好像忘记了什么重要的东西。在结果公布前的那段时间里，泉漫无目的地走出酒店，看见几名年轻人飞快地从她面前跑过。他们迈着轻快的步伐飞跃栏杆，爬过静止停着的汽车，时而翻个筋斗，时而又从一个屋顶跃向另一个屋顶……

他们都是好莱坞的跑酷人员。没错，泉原本就是想做这个才开始跑酷的。

泉跑回酒店。在目瞪口呆的经纪人面前脱下礼服和高跟鞋，换上了T恤和紧身弹力裤，那样子不禁让人联想起精悍的黑豹。

这身打扮的泉，朝着夜色弥漫的好莱坞街道跑去。

好的。非常感谢这位同学的分享。这是一部以“跑酷”这一新颖运动为题材的运动题材类故事。我觉得描写主人公邂逅梦想，为了实现梦想开始行动的前半部分写得很好。

但是在③技能提升阶段，情节就有些迷失方向了。最开始泉的梦想应该是“学好跑酷，像他们那样在街上奔跑”，可在不断提高技能部分描写的却是作为女演员大获成功的经历。所以，在④的部分作者又不得不把话题强行拉回到最初的目标，也就是跑酷上。

所以，与其说是在写成功故事，感觉更像在写主人公寻找自我的故事。另外，故事开头出场的援助者安德烈也没有交代后续情况，这对读者来说不够完整。故事的题材本身很有趣，所以请再思考一下如何将做女演员的成功多与跑酷技能扯上点关系。

我们再来看看其他同学的作品吧。

创作实例10

肮脏的忧伤

①有一天，主人公邂逅了梦想。

静雄不喜欢哥哥，说憎恨也不为过。

静雄和哥哥幸雄同岁。两人是异卵双胞胎。因为是异卵，所以兄弟俩不太一样——不，是几乎都不像。无论长相、性格还是才能。

幸雄是堪当模特的英俊少年，而静雄却是个连自己的亲生母亲都不忍直视的丑八怪。无论让幸雄做什么都能胜人一筹，而静雄无论是成绩还是运动，都在班级的最后一名处徘徊。

“我要让幸雄也尝尝我经历过的痛苦滋味，哪怕一次也好。”

不知不觉中，这成了静雄的梦想。

②主人公朝着梦想迈进。

有一天，两人在修学旅行中乘坐的飞机坠机了。大部分学生都或轻或重地受了伤，而静雄和幸雄都在大火中烧伤了脸，失去了意识。

在伯父的医院里苏醒过来的静雄很困惑，为什么做院长的伯父和牵肠挂肚跑来医院的母亲都管自己叫“幸雄”。不过很快他就发现原来是自己和哥哥弄错了。在他们失去意识期间，医院给两人做了面部修复手术，拆去绷带后的静雄已经变成了哥哥幸雄。

③主人公在获得援助、克服困难的过程中不断进步。

从那天起，静雄开始了身为幸雄的日子。虽然长着幸雄的脸，但无论是头脑还是运动能力都没有丝毫改变。从出院的那天起，静雄就拼命学习，半夜还努力锻炼肌肉，为了让自己变成“幸雄”铆足了劲。

而另一方面，自事故发生以来，哥哥幸雄一直处于昏迷状态，至今仍躺在医院里，当然是以“静雄”的身份。溺爱“幸雄”的母亲，像是忘记了静雄的存在，从未去医院探望过。

努力终于有了成果，静雄的成绩突飞猛进，终于快和幸雄旗鼓相当了。运动方面，他在哥哥所在的田径队，成绩也一路走高。

④主人公获得了超乎当初想象的成功。

此时此刻，静雄的心中萌生了一个愿望。他想让在医院卧床不起的哥哥幸雄看看自己现在的样子。同时，他也想知道被强行换脸后的哥哥，看到自己的脸时会作何反应……

时隔许久，静雄造访了伯父的医院。当问及哥哥病房在何处时，身为院长的伯父亲自为静雄带路。哥哥躺在单人间的病床上，脸上缠绕着一圈又一圈的绷带。

“那家伙的脸还没好吗？”面对静雄的提问，伯父说：“你把绷带拆掉看看。”

虽然觉得奇怪，但静雄还是照做了，里面竟然是一具人体模型。面对惊讶不已的静雄，伯父平静地说道：

"幸雄，你本就是独生子。一开始，就不存在什么双胞胎兄弟。"

所有的一切都是静雄——不，是幸雄的母亲美弥的幻想。美弥因为太过憎恨抛下他们母子的丈夫，就把爱恨情仇全都发泄到了越长越像丈夫的幸雄身上。就这样，一个独生子分饰了两个人的角色。"幸雄"代表对儿子的爱，而"静雄"则承受了所有对丈夫的恨。

"只要'静雄'继续躺在这里，美弥就会继续爱着'幸雄'你。所以请放心回家去吧。"

幸雄独自走出了病房，心中向着继续沉睡的"幸雄"告别。

好的，非常感谢这位同学的分享。这是以复仇故事的形式尝试写成功故事的情节。故事的前半部分写得通俗易懂，即主人公邂逅梦想，朝着目标迈进这段。不断进步的过程虽然尺度有点小，但因为哥哥"幸雄"还未苏醒，目前可能也无法有再多的描写了。

在这段情节梗概中设置了一个大反转，在故事的高潮部分揭示了兄弟的谜团。所以不是“获得超乎当初想象的成功”，而是迎来了一个“当初做梦也没想到的结局”。不过这样也很有趣，可以接受吧。

现在，故事基本模式的介绍到此结束。

从下一章开始，我们将用上前部作品中提及的推理（谜团）和悬念的手法，来学习让故事读起来更有趣的诀窍。

秘诀

情节梗概的演绎

理解和感动、说明和演绎

为了让读者觉得你写的故事“很有趣”，至少应该满足以下两个条件。

- ◆ 必须能让读者充分理解作品中发生了什么。
- ◆ 必须能让读者为作品中发生的事情感动。

为了让读者理解作品中发生了什么，必须对“时间、地点、人物、事件（做了什么、怎么做的）”做明确的说明。在前面的章节中，我已经通过创作情节梗概的实战演练，向大家说明了作品中发生的各类事件。

可是，为了让读者为这些事情感动，撼动读者心情的表演必不可少。

在本章中，让我们一起来学习让情节梗概读起来更有趣、更有意思的表演技巧吧。

“感动”并没有什么特别的

一说起“要让读者感动”，很多同学都会感觉门槛太高。

说到“感动”，大家就会想起气势恢宏的情感跌宕，诸如“在那种场景下的号啕大哭”“泪如泉涌”等。

但是，并非如此，请大家放心。

这里所说的“感动”，比大家想象中的感动规模要小得多，无非就是大家每天正在经历的心情变化而已。

我来举例说明一下吧。

片段实例

与女友说好要约会的当晚，正赶上上司让我加班。我竭尽全力干完工作，赶到约会地点时，已经比约定的时间晚了足足一个小时。

但是，女友还是好好地等在那里，并安慰我说：“工作辛苦了！”

……假设这一连串的事情都发生在你的身上。好不容易和女友约个会，却被上司要求加班。你的内心恐怕会条件反射般地萌生“什么！？”“不是在开玩笑吧”的想法吧。这种情感是生气、不满或者灰心。一心为了早点见到女友，拼命把活干完，但还是比约定的时间晚了一个小时。此时你感受到的心情可能是焦躁或不安。但是，女友仍然好好地等着你，还温柔地安慰你。此刻恐怕你已经松了一口气，比平时更爱善解人意的女友了。

大家觉得怎么样？不过寥寥五行的片段描写，身为主人公的你，就经历了从生气到焦躁，又从焦躁到放心的心路历程。大家明白了吗？

创作故事时，作为写手的我们，必须时刻牵动出场人物的心情。说得极端点，如果从一个场景开始到最后，在场人物的心情和想法都没有波澜起伏，那就没有必要写那个场景。

那么，怎么写才能牵动作品中人物的心情呢？

制造麻烦

在故事中，不管怎样都要经常制造麻烦（=问题）。这是基本中的基本。

大多数娱乐作品都是这样的。

问题产生

↓

主人公（们）为了解决问题历经千辛万苦的过程

↓

解决问题（或者解决失败）

这是一连串镜头的连续。这里所说的“麻烦”，不仅包括击中女友的心、消灭杀人病毒等堪当情节中心的大麻烦事，还包括其间发生的日常纠纷。最主要的一点是，即便你想好了大麻烦事，也不要轻易放心。因为在解决主要问题的过程中，时不时掺入点小麻烦，会让读者对故事一直保持兴趣。

在作品中制造麻烦时，要同时考虑出场人物对此的反应。

在刚才那个片段实例中，与女友说好约会的当天，上司要求加班。这里的重点在于前半部分“与女友说好约会的当天”。

对于很多人来说，加班差不多就是件麻烦事。仅是如此，只会单纯引发“真麻烦”“真讨厌”的反应。如果在其中加入“和女友说好约会”这一元素，故事的紧张度就一下提高了。其中的原因，有人明白吗?

“嗯，因为想去赴约却去不了?”

“因为拒绝加班会被上司盯上，就会发生什么对自己不利的情况。”

“因为约会迟到，或许会让女友不高兴，遭女友厌弃。”

是啊。违背上司的命令会被上司盯上，约会迟到会招致女友不满，无论哪种情况发生都挺头疼，所以出场人物才会纠结，而读者会把自己的情感代入这种纠结之中。

产生对立的欲望

纠结的背后，一定存在相反的愿望和需求。在刚才的例子中，需求之一是“不想被女友厌恶”，另一个需求是“不想被上司盯上”。两个需求都很重要，所以主人公无法抉择，苦恼万分。也就是说，发生了情感上的拉锯战。

如果与女友间的关系即将结束，约会只是出于习惯，那就不存在什么纠结了。另外，如果你对现在的工作单位讨厌无比，也已经找到新的下家了，那也不用如此犹豫，直接拒绝加班去约会就是。

但是，就算你与女友的关系即将结束，倘若出现下面这种情况，故事又会有些不同。

你明明还爱着女友，却因为某些矛盾，致使两人的关系僵持。女友好像已经开始考虑分手。为了拴住她的心，你总算说服了不情愿的她，说好要约会。可偏偏那个晚上，遇到上司要你加班……

如此一来，“不想被女友厌恶”的欲望就比开头那个例子更为强烈。但是，如果想不到这种地步，就算拒绝加班也会优先去约会。那么，我们把上司这边的情况也稍微改一改吧。

你从心底尊敬你的上司。上司也对你青睐有加，放心地把工作交给你。这样一个上司拜托你加班：“不好意思，突然人手不够了。”从以往的经验来看，如果你答应了，显然加班就会没完没了。

大家觉得怎么样？这样一来，比起开头那个例子，更难拒绝加班了吧。尽管如此，或许按照有些主人公的性格，还是会优先选择和女友约会的。

和女友的约会非今晚不可。这是一种时间限制。那么，我们也给主人公的上司设置时限吧。如果主人公不加班，就绝对赶不上交货期。能否赶上交货期，关系到自己和敬爱的上司共同努力推进的项目的成败。这样，两个需求的分量就基本相同了。让主人公尽情烦恼，让对主人公代入情感的读者尽情捏一把汗吧。

像这样把故事引向高潮，就可能让两种需求相互抗衡，产生更深层次的矛盾。

普遍的情感和真心话

将故事推向高潮，换句话说，就是增加主人公等出场人物的情感波动。主人公们的情感波动越大，就越能调动移情其中的读者朋友们的情绪。

但是，究竟怎样才能让读者对出场人物移情呢？

这是个棘手的问题。再优秀的作家，也不可能创作出让读者百分百产生共鸣和移情的出场人物。不过，现在我有两个“或许这样做会比较好”的方法。

其一，无论作品中的世界观和角色设定多么荒诞夸张，也要让主人公和视点人物[①]拥有普遍的情感。其二，让主要的出场人物有机会说真心话。虽然这可能偏离了演绎这个话题，但这部分很重要，所以请允许我稍微展开一下。

所谓普遍的情感，是指针对某事件或某事物，大部分人都是这么感觉的或普遍都是那么认为的心情。

你所爱的人，钟情的不是你而是别人，你就会痛苦。这是很多人共通的情感吧。“因为痛苦所以××”中的“××”部分虽然

① 视点人物：指读者借由该人物的视角，来体验故事世界的人物。既有主人公就是视点人物的情况，也有像《夏洛克·福尔摩斯历险记》中的华生博士那样，由讲述者充当视点人物的情况。——译者注

因人而异，但根本存在的那份“痛苦和难过”是共通的。这就是普遍的情感。

假设在故事中，有一个让女主人公爱得死去活来的男人。那个男人偏偏迷上了她的好友。但是主人公对此没任何反应，还突然有一天去了亚马逊腹地寻宝。你会对这样的女主人公移情吗？不可能，对吧！

就算场景不变，但女主人公的内心对好友非常嫉妒，甚至希望她死了才好。但这种想法如果表现出来，就会被那人厌弃，所以女主人公咬紧牙关表现得若无其事。尽管如此，她的心里还是极其难受，正想着不能再这样下去时，突然看到了寻宝海报，一冲动就报了名……如果这样写，读者就会产生“哦，理解理解”的共鸣了。这就是所谓的写人物的真心话。可以不用特意写成台词。如果是小说的话，可以写在说明叙述部分，在那里抒发心情就好。如果是影视作品的剧本，可以让主人公向交心的倾述对象吐露心声。总之，要把人物内心的真实想法展示给读者。

我说的有点多了，让我们回到演绎技巧的话题上来吧。接下来讲一下谜团的提示。

谜团

我以前看过一则四格漫画，叫《OL进化论》，其中有这样一则故事。

一个刚从国外旅行回来的女白领，正在和她的闺蜜聊特产。她说："在伦敦去了××""在巴黎吃了××"……但是，对方的反应冷淡。恼羞成怒的女白领嘀咕了一句。

"对了，旅行团里有位度蜜月的新娘，一个人三更半夜在酒店走廊上哭……"

那一瞬间，一直爱搭不理的闺蜜突然很来劲地问道："什么，然后呢然后呢？！"

第一次看到这则漫画时，我就对此钦佩之至："真是很不错的四格漫画。"大家觉得怎么样？是不是也有一探究竟的冲动呢？（笑）

在这里，女白领前半段的聊特产和后半段的新娘八卦有什么不同呢？显然，新娘八卦更能勾起读者的兴趣。为什么会这样，有谁知道吗？

“前半段的故事太过直白，听了也只能嗯嗯应答；而后半段的故事让人觉得不可思议，自然就会联想到‘为什么’。”

“因为（后半段故事的）内容令人惊讶。”

“因为前半段的故事说完就完了，而新娘八卦却给人以无限遐想的空间。”

是啊。我们只要一想“为什么”，就会想知道答案。若是小说，就会产生读下去的欲望；若是电影或者连续剧，就会想剧透。可以说，向读者抛出一个又一个充满魅力、想知道为什么的谜团，是让读者始终对作品保持兴趣的重要技巧。

那么，这样的谜团是如何形成的呢？关于这个问题，我已在前一部作品《故事创作入门7堂课》中做过详细说明。这里我给大家简单复习一下。

谜团和接下来要介绍的悬念，都是通过调整已发生事件的顺序来实现的。请大家看下面这个例子。

①人物A在红酒里投毒。

②人物B喝红酒。

③B死亡。

按照时间顺序排就是这样。但如果把结局放到最开头——

①B死亡。

故事一开头突然出现B的死亡。根据死亡方式的不同，读者首先会一阵惊讶："咦？！怎么死的？"然后会为了知道缘由而看下去。

这就是谜团的提出。很多推理小说都采用这种手法。不仅是推理小说，其他类型的故事也可以正常使用。或者说，大家只是没有意识到而已，其实当你想吸引对方注意时，就会故意采用这种方式。

前几天，我在咖啡屋听到邻座夫妇这样一段对话。

男："完了，昨天工作出事故了。"

女："骗人。车吗？"

男："不是。因为太急，给客户寄的快递包裹里，忘记把重要数据放进去了。”

慌忙追上去，结果摔在楼梯上，腰部受到了重击。这也是通过先说结论，引起对方兴趣的方式。

在兴趣盎然处中断

还有其他吸引读者兴趣的方法。那就是采用悬念的手法。

这在前一部作品中也有过说明，所以这里只是简单复习一下。一言以蔽之，就是配套使用预告和中断的方法。

①人物A在红酒中下毒。

②人物B喝红酒……

把红酒怎么了？喝了？还是没喝？！如果是电视连续剧，一定会在此处插播广告。像这样，为了引起读者的兴趣，在恰到好处的地方中断，就是悬念的技巧。

使用悬念技巧时要注意，中断前一定要有预告。若以前文中的红酒为例，“A在红酒中下毒”就是预告。如果不事先预告，就算突然在B开始喝红酒的地方中断，也不能引起读者的兴趣。

必须要在悬念的预告部分，用通俗易懂的方式向读者说明如果任由事态继续这么发展下去，会有怎样的结果。在红酒的例子中，比如在叙述说明部分只写“将××毒药小心地涂在玻璃杯上”也是可以的，但最好让读者事先知道被下毒后，是怎么一种死法，这才更有趣。古装剧里给敌人下毒的场景中，不知为何总要摆放一个金鱼缸，恶霸地方官往里面撒些奇怪的粉末后，金鱼就一只只地翻起肚皮浮上水面了，不是有这样的表演吗？（笑）就是这个。大家要做好预告的工作。

如果不走这个程序，比如：

①人物A在红酒杯中放入药片，并倒上红酒。

②人物B把那红酒……

就不知道会发生什么了。

另外，如果写成：

①人物A在红酒杯中放入药片，并倒上红酒。

②人物B喝下红酒。

③人物B死亡。

像这样，只是把已发生的事情按照时间顺序排列出来，那读者就会简单地认为，“哦，原来那药片是毒药啊”，不会有什么感慨的。

如果写成：

①人物A在红酒杯中放入药片，并倒上红酒。

②人物B喝下红酒。

③之后，人物B依旧欢蹦乱跳，与之前无异。

那故事就有些变化了。或许读者就会产生疑问：“如果这样，那药片是什么呢？”这就是谜团提示了。

大家觉得怎么样？谜团提示和悬念的技巧，大致都明白了吗？

那么，让我们使用这些技巧，来实际演绎下情节吧。大家都知道民间故事《桃太郎》吗？的确没有不知道的同学啊。请大家用上本章中提到的麻烦、纠结、谜团和悬念中的一个或多个技巧，来演绎下故事情节吧。不用从头写到尾，写一个镜头就够了。请大家在400字的稿纸上整理成1~2页即可。

正在阅读本书的读者朋友们，也请暂时合上本书，尝试参加实战演练吧。

大家准备好了吗？预备，开始！

【实战演练11】

请大家用上麻烦、纠结、谜团和悬念中的任何一个（多个也可以）技巧演绎民间故事《桃太郎》中的一个场景。

……怎么样？大家都写好了吗？

那么，让我们来看看同学们的作品吧。

创作实例11

《桃太郎（纠结）》

桃太郎心烦意乱。因为最近这段时间，他的村子遭到了鬼之岛上妖怪的洗劫，有人建议村里应派出讨伐队，而这个任务多半会落到他的身上。

桃太郎是个胆小鬼，力气也不是很大。不知为什么，因为桃太郎是从顺流而下的大桃子中出生的，所以村民们都说“他是山神的孩子”，对他特别照顾。可他本人却深知自己并非什么了不起之辈。

其实，桃太郎是邻村的女人所生，距此隔着一座山。虽然当时还是产婆的老奶奶帮忙接生，产下了桃太郎，可他亲妈说：“家里太穷，养不起孩子”，老奶奶才不得已收养了桃太郎。如果不说桃太郎是从桃子中出生的，吝啬的老爷爷是不会同意收养他的。

“这是从山神爷的桃子里生出来的孩子。如果把这孩子扔了，会遭报应的。”

老奶奶就是用这番说辞才让老爷爷同意收养桃太郎的。

所以，桃太郎是普通人所生的孩子，但这个秘密只有老奶奶知道。

“该怎么办才好呢？”桃太郎陷入了两难中。如果告诉大家真相，定会引来村民和老爷爷的愤怒：“你骗得我们好苦。”桃太郎后悔自己之前一直利用“山神爷之子”的身份，从村民那里骗取供品，还封自己是孩子王，为所欲为。虽说如此，如果一直保持沉默，定会被送去鬼之岛的。

“哎呀，真为难呀！”

桃太郎又是一声长叹。

好的，非常感谢这位同学的分享。上文已经把桃太郎“不想去鬼之岛”“但又不想说出真相”的纠结进行了很好的说明。在写情节梗概时，这样就足够了，但往挑剔里说，如果能把村子遭到鬼之岛妖怪洗劫的情况说得更具体些，那就更好了。不把实情告诉村民的尴尬理由已经说得很清楚了，所以只要继续把桃太郎“去了鬼之岛后可能会这样吧”的猜想再写出来的话，夹在中间、左右为难的情况就更加明确了。

我们再来看一下其他同学的作品吧。

创作实例12

《桃太郎（悬念）》

在桃太郎的跟班小狗、猴子和雉鸡中，猴子是鬼之岛派来的奸细。他的任务是在桃太郎一行抵达鬼之岛之前，将他们的一举一动报告给妖怪，以达到最大限度削弱桃太郎这方战斗力的目的。

那天，猴子又以“出去侦察”为由，不动声色地离开队伍，一溜烟跑进了山里。山里隐藏着鬼之岛派来的妖怪，他一看见猴子就示意猴子过来这边。

“怎么样了，桃太郎他们有什么情况？”

“嗯，那帮家伙说到了海边就买船，然后再去鬼之岛。”

“这样啊，那我知道了。用上这个吧。”

“什么，这是？”

“火药。如果照着这样点火……”

砰的一声，把猴子吓了一跳。

“等他们乘船出了海，你就点着这家伙，自己跳海里逃生便是。桃太郎那小子再横，也管叫他葬身鱼腹。”

“知道了。”

猴子回到一行人身边时，小狗哼着鼻子说道：

“奇怪了。你身上怎么有妖怪的气味。”

“这，这怎么可能。你是心理作用吧。”

“不对，哪怕是一周前的气味，我也能闻出来。你身上的妖怪气味很重，简直就像刚刚和妖怪见过面一样。”

“真的吗？”桃太郎和雏鸡也脸色大变。

“喂，猴子。到底怎么回事？”

遭到桃太郎、小狗和雏鸡的质疑，猴子只觉得背上冷汗直流。

非常感谢这位同学的分享。本以为会上演一场船上被装了火药的悬念剧，没想到奸细猴子这么快就穷途末路了啊（笑）。我觉得写得很好。预告部分是“猴子其实是鬼之岛派来的奸细”。中断部分是最后一行吧。这里突然画面一转，开始写“另一方面，在鬼之岛上……”的话，读者就会在这里产生悬念（=悬而不决）·“那猴子的结局到底是什么”，会持续对故事保持关注。

请大家务必用上这些演绎技巧，让读者们体验心跳加速、捏一把汗的感觉吧。

后　记

想吃点好吃的，但当被问到“那你具体想吃什么呢”的时候，却连自己也不大清楚。

大家遇到过这种情形吗？我是经常碰到的。

其实，这与我想写点有趣的故事，但当被问到“那你想写什么样的故事呢”的时候，却连自己也不大清楚的情形极为相似。

吃东西的时候，大多数人是不是都会在“要不喝咖啡吧？”“不了，今天没什么心情喝咖啡。”“那要不吃关东煮吧？”“嗯，好像也没什么心情吃关东煮……”诸如此类的反复自问自答后，最终得出“好，那今晚就吃猪肉酱汤”的结论呢？

这一连串的步骤，是否也能应用在故事创作上呢？

本书就是专门为此而写的。

明知故事的展开都是老套路、司空见惯，但不知为何还是很享受地去读去看，这样的作品有很多。如果把如此可爱的经典模板介绍给大家，能给大家创造类似“下回要不写爱情喜剧吧？”“算了，相较而言还是更倾向于灾难故事”这样的创作契机，我将不胜荣幸。

最后，请允许我向为本书爽快提供作品的作文私塾的诸位同学，还有将本书捧在手中的最重要的各位读者朋友表示由衷的感谢。

圆山梦久